Micha Theis

Ein Zipfel vom Paradies

Micha Theis

Ein Zipfel vom Paradies

Erzählung

Impressum

Bibliografische Information der Deutschen Nationalbibliothek:
Die Deutsche Nationalbibliothek verzeichnet diese Publikation in der Deutschen
Nationalbibliografie; detaillierte bibliografische Daten sind im Internet über
http://dnb.dnb.de abrufbar.

Verlag: BoD · Books on Demand GmbH, In de Tarpen 42,
22848 Norderstedt, bod@bod.de
Druck: Libri Plureos GmbH, Friedensallee 273, 22763 Hamburg

ISBN: 978-3-7597-9678-3

Inhalt

Ich erzähle diese Geschichte nicht, weil sie einen ganz besonderen Stellenwert in meinem Leben gehabt hätte, zum Beispiel durch die Begegnung mit der ganz besonderen Person, die Theresa sicherlich war, oder weil sich mein Leben dadurch in einer völlig unvorhergesehenen Weise verändert hätte. Ich weiß nicht einmal, ob ich eine solche Geschichte überhaupt erzählen würde, wenn ich die Geschichten meines Lebens zwischen erzählenswert und nicht erzählenswert abwägen würde. Nein, ich erzähle diese Geschichte deshalb, weil ich finde, dass sie schlicht und einfach erzählt werden muss. Es gibt dafür keinen anderen Grund. Und wenn ich sie nicht erzähle, dann müsste sie von jemand anderem erzählt werden, der dabei gewesen ist. Doch dann ist sie vermutlich nicht mehr dieselbe Geschichte. Also bleibt mir nichts anderes übrig, als sie aus meiner Sicht zu erzählen.

Die Insel

Sonntag, 10. Mai.

Er kann gar nicht sagen, was es genau ist, eine Stimmung, ein Gefühl, eine Intuition. Sie bedeutet ihm, dass sie diesmal nicht nur in einen Urlaub aufbrechen werden. Diese Reise hat einen Anflug von Grenzüberschreitung … oder auch: einen Hauch von Republikflucht! Normalerweise fahren sie in der Vorsaison nicht in Urlaub. Er hat das schon bei anderen beobachtet, das hat sich so schleichend eingebürgert: Jeder verreist, wann er will und wann es am billigsten ist; sofern man Kinder hat, nimmt man sie unter irgendeinem Vorwand aus der Schule, Studenten schwänzen ihre Lehrveranstaltungen. All dies ist ihm zuwider, genauer gesagt: Es widerstrebt seinem Pflichtgefühl. Und ist es nicht das Pflichtgefühl, was einem Leben Ordnung und Würde gibt? Man hält sich an die tradierten Regeln, auch wenn alle anderen sie verletzen, auch wenn sie durch den Zeitgeist schleichend aufgeweicht werden. ‚Geiz ist geil‘, das ist genau so eine moderne Unart. Die billigsten Flüge, die günstigsten Angebote, die *Sales*, die Schnäppchen. Nennen wir das Kind beim Namen: Dekadenz. Und dennoch ist es auch ihm passiert. Er ist gerade dabei, über seinen Schatten zu springen.

Am Sonntag, dem zehnten Mai, steht frühmorgens um fünf das Taxi vor der Tür. Er hört es vorfahren, als er noch im Badezimmer ist, da wartet also schon jemand auf sie, es gibt jetzt kein Zurück mehr. Er beeilt sich, den andern etwas Beine zu machen. Dann geht er schon mal mit zwei Koffern vor die Tür und begrüßt die Taxifahrerin. Als sie sich endlich alle vier hineingezwängt haben und das Auto schon losfährt, blickt er noch einmal auf das Doppelhaus und spürt, dass diesmal etwas anders ist als in früheren Jahren, wenn sie in einen Urlaub aufbrachen: Dieser Urlaub wird anders sein. Es liegt in der Luft, es ist eine Stimmung, ein Gefühl, eine Intuition ...

Nur widerwillig hat Thomas der Urlaubsplanung zugestimmt. Es ist Mitte Mai, und es dürfte das erste Mal in seiner Berufstätigkeit sein (zumindest soweit er sich erinnern kann), dass er im Mai Urlaub genommen hat (seine Mails wird er allerdings unterwegs beantworten). Die Feiertage haben ihnen in die Hände gespielt, das hat ihm die Entscheidung zweifellos etwas erleichtert, so können sie die frühen Pfingstferien der Kinder noch etwas verlängern. Bedenklich: das Jahresurlaubsbudget wird damit stark belastet. Vier Flugtickets (auch wenn es Billigflüge sind), Vollpension für vier Personen (auch bei Vorsaisonpreisen), und Martinas Seminargebühr werden einen langen Schatten auf den nächsten Urlaub werfen. Aber er hat ihr den Wunsch nicht abschlagen können. Wie er ihr niemals einen Wunsch abschlagen kann. Was sie unbedingt haben will, setzt sie durch.

Sie hat nun mal den (scheinbar unwiderstehlichen) Wunsch, von Theresa zu lernen, und der Urlaub ist eher ein Vorwand, den sie mit allerlei guten Argumenten zu bemänteln weiß: dass sie alle sehr von dieser Frühjahrserholung profitieren werden, gerade er sei ja beruflich überanstrengt, die Kinder brauchten dringend die Erholung nach dem langen Winter und den vielen Erkältungen, die Flüge seien sensationell günstig, das würden sie zu dem Preis nie wieder bekommen, und überhaupt, die Insel habe den Ruf, ein wahrer Jungbrunnen zu sein, das Paradies auf Erden. Schon die alten Römer hätten das gewusst und in den dortigen Thermen gebadet … Das alles ist richtig, wer würde dem widersprechen. Doch nichts davon ist zwingend, es ist … ein Vorwand! Es geht ihr ausschließlich um Theresa.

Nun erhebt sich also das Flugzeug mit den vieren und landet zweieinhalb Stunden später bei der Stadt im Süden Europas. Den ganzen Flug über plagen ihn noch die Bedenken wegen dieser Reise, und sie verfliegen erst nach der Landung und dem Ausstieg aus dem Flugzeug. Zu heftig umfängt sie der hier schon fortgeschrittene Frühling mit seinem Licht und seinen milden Temperaturen.

Sie fragen sich zum Linienbus durch, der sie zum Hafen bringt, und dort fragen sie sich zum Fährhafen durch, an dem die kleineren Inselfähren anlegen. Zwischendurch huschen Ansichten einer großen Stadt an ihnen vorbei, Einblicke in eine Stadt im Süden, die gerade in den Tag startet, Straßenschluchten mit überfüllten Wohnhäusern, Abfall, der darauf wartet, abgeholt zu werden, Zeitungskioske, in denen jemand dabei ist, den Rollladen hochzuziehen.

Wie eine Karawane großer Reptilien ziehen sie mit ihren Rollkoffern durch die Hafenanlagen und gelangen schließlich zum Schaltergebäude, wo er vier Tickets für die Überfahrt kauft. Die Fähre wartet bereits. Als sie sie endlich betreten und auf dem Oberdeck Platz nehmen, ist Thomas sich bewusst, an diesem Morgen Grenzen überschritten zu haben, eine innere Grenze (des bisher Unzulässigen, der Sprung über den eigenen Schatten des Pflichtgefühls), auch äußere Grenzen (eine Staatsgrenze und eine Festlandgrenze). Nun gibt es kein Zurück mehr.

Die Fährfahrt hat eine befreiende Wirkung, noch befreiender als die Ankunft an dem Flughafen: das langsame Ablösen vom Festland, das dumpfe Rumoren der Maschine, das Zittern des gewaltigen Schiffsleibs, dem sie sich vollkommen ausgeliefert haben, die frische Brise am Oberdeck, die plötzlich endlos erscheinende Wasserfläche, das Spiel der Sonne auf den polierten Messingteilen und den lackierten Holzoberflächen … Ist es Befreiung oder die Illusion von Befreiung? Befreiung von was? Vom Alltag und seinen Anstrengungen, von Arbeit, Beruf, dem Stress der täglichen Besorgungen und Erledigungen? Der Stress würde ihn nach dem Urlaub wieder einholen. Doch jetzt … jetzt überwältigt ihn die Ästhetik der Fährfahrt. Und es beginnen zwei Wochen, in denen er sich einem anderen, einem neuen Gesetz unterwerfen wird. Dem Gesetz der Insel.

Er holt sich einen Espresso in einem winzigen Einmalbecher aus der Bar und schlürft ihn genüsslich, während die Mädchen aufgeregt von Backbord nach Steuerbord und von Steuerbord nach Backbord und vom Oberdeck zum Unterdeck und vom Unterdeck zum Oberdeck flitzen. Sie platzen fast vor Erregung, und auch Martina freut sich an der fiebrigen Ausgelassenheit der beiden.

Nach zwei Stunden Überfahrt schieben sich an Backbord, plötzlich, unerwartet, Felsvorsprünge und bewaldete Hänge an ihnen vorüber. Gebäude verdichten sich zu einem kleinen Hafen, an dem sie jedoch vorübergleiten, und endlich erscheint eine größere, festungsartig umbaute Bucht, auf die die Fähre geradewegs zusteuert. Sie sind offensichtlich am Ziel angekommen.

An der Treppe beginnen sich die Passagiere zu stauen, lange bevor die Fähre anlegt. Eine fiebrige Ungeduld hat sich der kleinen Truppe bemächtigt, die sich anschickt, das Schiff zu verlassen, sobald sich die großen Bugtore nach rechts und links öffnen. Und tatsächlich, sobald das Licht der Sonne durch die sich weitende Öffnung hereinfällt und sich die Rampe wie eine Zugbrücke auf die Molenmauer gelegt hat, stürmen die Vorderen los, während die Hinteren einander die Treppe hinunter und ebenfalls nach draußen schieben.

Auch die vier haben ihre Rollkoffer ergriffen und drängen mit der Masse auf die Mole. Auch das gehört offenbar zum Lernprogramm … sich mit der Menge treiben zu lassen, loszulassen. Auf der Mole angekommen folgen sie dem Strom in Richtung Stadtmitte, vorbei an wartenden Fahrzeugen aller Art, die hier schon für die nächste Überfahrt zum Festland parken. Ein kleiner Busbahnhof tut sich nach ein paar

Gehminuten vor ihnen auf, und er fragt sich mit seinen paar Brocken Italienisch nach der Busverbindung zu ihrem Strand durch. Es ist die fünf, und sie wird in einer dreiviertel Stunde abfahren. So warten sie also noch einmal geduldig, und schließlich trifft der ersehnte Bus ein. Thomas hat vom Hotel die Auskunft bekommen, dass sie mit diesem Bus direkt zum Strand fahren sollen, wo man sie und ihr Gepäck abholen wird.

Nun vertrauen sie sich auch diesem letzten Verkehrsmittel an, das sich allerdings bedenklich gefüllt hat, so dass sie mit Mühe und Not noch Sitzplätze ergattern, ist es doch kein Bus ihnen bekannter Größe, sondern eine Art Minibus. Er windet sich mit erstaunlicher Geschwindigkeit die engen Straßen hinauf, schwankend und ächzend wie eine Karavelle bei schwerer See, durch kleine und kleinste Ortschaften und frühlingshaft grüne Vegetation, bis oben auf den Pass, der ihnen einen denkwürdigen Anblick der ganzen Bucht darbietet. Das Meer schimmert und glitzert unter der frühen Nachmittagssonne. Und schon geht es wieder steile Serpentinen hinab, begleitet von einem gelegentlichen Sicherheitshupen. An der Endstation der Straße, die sich hier zu einem Wendeplatz öffnet, steigen sie aus, der Busfahrer, den er zuvor nach ihrem Strand gefragt hat, hat ihm ein entsprechendes Zeichen gegeben. Nun gilt es nur noch zu telefonieren und auf eine Person zu warten, die sie zum Hotel bringen wird. Und so geschieht es. Nach fünfzehn Minuten kommt ein kleines Kerlchen mit Schnauzer und lustig blitzenden Augen auf sie zu, nennt ihnen den Namen des Hotels, den sie nickend wie ein Codewort wiederholen, und führt sie zu einem kleinen Raupenfahrzeug, das einem größeren Rasenmäher gleicht und das er um die Ecke geparkt hat. Hier legt er ihr Gepäck ab, startet den Motor, und sie folgen ihm einfach. Es geht direkt zum Strand hinab. Sie stapfen auf dem Sand hinter ihm her, immer weiter Richtung Westen, an Strandbars vorbei bis zu einem Einschnitt, wo ein betonierter Weg vom Strand weg in eine Art Schlucht führt. Und tatsächlich, nach nur wenigen Metern wandelt sich das Bild, und vor ihnen zeichnet sich zur Rechten ein dreistöckiges ockerfarbenes Gebäude ab, von üppiger Vegetation umrankt und mit einem Schild über dem Eingangstor, das keine Zweifel aufkommen lässt: Hotel Palmetta. Sie sind am Ziel!

So weit so gut. Er hat sich also darauf eingelassen, zwei Wochen an diesem Strand zu verbringen, der im Moment noch so leer ist, wie ein Strand vor der Saison, ja vor der Nebensaison, leer sein kann. Scheinbar sind sie die allerersten Gäste, die dieses Jahr hier ankommen, das sieht man auch an den verrammelten Strandlokalen, überhaupt an dem (bei näherem Hinsehen tristen) Anblick des noch nicht gesäuberten Strandabschnitts mit allerlei Angeschwemmtem, am völligen Fehlen von Liegestühlen und Sonnenschirmen am gesamten Strand bis hierhin. Thomas ist ratlos.

Eine energische Stimme begrüßt sie vom Balkon des zweiten Stocks.

-       Familie, Familie!

Eine Frau mittleren Alters, blond gefärbtes Haar, winkt ihnen zu und verschwindet im Innern des Hauses, um gleich darauf durch eine Tür, die vom ersten Stock hinab zum Weg führt, wieder zu erscheinen. Sie kommt ihnen raschen Schrittes entgegen.

- Herzlisch Willkommen. Wia haben füasie zwai Zimma im easten Stock neben dea Treppe reservieat. Kommen Sie, kommen Sie.

Sie führt sie zu den beiden Zimmern, die man über eine separate Treppe erreicht. Thomas muss schmunzeln, denn mit einem Mal wird ihm bewusst, dass sein Italienisch in ihren Ohren wohl ebenso krude klingen muss, wie ihr Deutsch in den seinen. Gabriella ist die Chefin des Hauses.

Als sie ihr Gepäck in den beiden zugewiesenen Zimmern abgestellt haben und wieder allein sind, öffnen sie die Fensterläden und strecken erst einmal alle viere auf den Betten aus. Sie haben es tatsächlich geschafft. Die Sonne drängt frisch und rein ins Zimmer herein und überzieht alles mit einem perligen Glanz. Die zwei Wochen Urlaub können beginnen.

Theresa wird morgen ankommen, nachmittags. Martina sagt, sie habe es von Gabriella gehört.

Sie haben Theresa vor zehn Jahren kennengelernt. Damals bereits (schon zehn Jahre, mein Gott, wie die Zeit vergeht!) hatte Martina ihn zu einem Seminar bei ihr überredet und es ihm als Familienurlaub schmackhaft gemacht. Sie waren damals zwei Wochen im Alpenhof gewesen, und auch damals hatte er sich wahlweise als ‚Schlachtenbummler' oder als ‚Zaungast' getarnt und nur gelegentlich an den Morgenterminen teilgenommen. Ansonsten hatte er sich um die Kinder gekümmert. Danach hatten sie zehn Jahre lang an keinem ihrer Seminare mehr teilgenommen. Das hatte Gründe. Auch jetzt möchte er sich am liebsten wieder als Schlachtenbummler oder Zaungast ausgeben, der Martina die Seminarteilnahme ermöglicht, indem er sich in dieser Zeit um die Mädchen kümmert. Er möchte Abstand wahren. Nicht dass ihn die Inhalte nicht interessierten, dies ganz und gar nicht, davon kann keine Rede sein. Es ist nur so, dass solche Seminare eine soziale Eigendynamik entfalten können, mit Verbindlichkeiten, mit Zwängen, mit einer Nähe auch, die er weder sucht noch braucht. Er hat seine Familie dabei, andere reisen allein. Das macht einen großen Unterschied. Manche haben auch keine eigene Familie.

Theresa wird in Begleitung von Lisa anreisen. Es heißt, Lisa sei in den letzten Jahren zu Theresas rechter Hand geworden. Lisa kümmert sich um alles Organisatorische, um das Seminarmanagement, die Flug-

und Hotelbuchungen, die Absprachen mit der Hotelleitung bezüglich Mahlzeiten und Zimmerwünschen, sie organisiert die Materialien für das Seminar, *Powerpoint*-Folien und ausgedruckte Seminarunterlagen, und sie ist (vor allem?) Theresas ständige Begleiterin: Theresa kann sich nicht mehr allein fortbewegen. Ihre Knieprobleme haben sich in den zehn Jahren erheblich verschlimmert. Konnte sie sich damals noch ohne jede Hilfe frei bewegen, so dass man nur an ihrem etwas schwankenden Gang sah, dass sie Knieprobleme hatte, so benötigt sie jetzt eine Begleitung, auf deren Arm sie sich stützt. Für kürzere Entfernungen, etwa vom Hotel zum Strand, genügt auch ein Stock.

Theresa hat das Zentrum vor etlichen Jahren aufgebaut, und in den Neunzigern muss es wohl ein florierendes Unternehmen gewesen sein. Jedenfalls war dies ihren eigenen Erzählungen und denen ihrer treuesten Anhänger deutlich zu entnehmen. Sie hat wohl immer einen gewissen Hofstaat an Helfern und Bediensteten gehabt, manche davon dürfen dann auch mit auf die Insel kommen und zu den anderen Seminarorten, doch in den letzten Jahren und in dem Maße, wie sich Theresas Mobilität verschlechtert hat und sich andere, ältere Mitarbeiterinnen zurückgezogen haben, ist Lisa in die Rolle der Nummer eins hinter Theresa aufgerückt.

Theresas Seminarkonzept ist immer gleich (hat es sich in den fast fünfundzwanzig Jahren überhaupt verändert?). Morgens unterrichtet sie selbst, und den Abend zu gestalten überlässt sie den Mitarbeitern. Diese geben dann Kurse zur Ernährung und zu einzelnen Themen, die am Morgen nicht hinreichend vertieft werden konnten. Der Nachmittag ist frei, und wer will, kann eine Konsultation bei ihr nehmen. Bei anderen Seminaren finden die Abendveranstaltungen auch schon am Nachmittag statt, dann ist der Abend frei. Theresas Grundlagenvorträge streifen alle aus ihrer Sicht relevanten Aspekte für geistige und körperliche Gesundheit. Die Schulmedizin, so argumentiert sie, behandele auftretende Krankheiten mit dem Wissen, das ihr zur Verfügung steht, das heißt mit dem Wissen über physikalisch-chemische Gesetzmäßigkeiten, andere Dinge klammere sie aus. Hier gelte es anzusetzen. Eine Krankheit sei ein Blumenstrauß Gottes, ist eine ihrer beliebten Metaphern, eine Einladung zur Arbeit an sich selbst, zur seelischen Weiterentwicklung. Leben und Sterben, Gesundheit und Krankheit sind bei ihr keine stofflichen Kausalitäten, sondern seelische Entwicklungsaufgaben: kein Heilungsversprechen, sondern Hilfe zur Selbsthilfe.

Nun ja, Thomas fühlt sich gesund, hat jedenfalls keinerlei nennenswerte Beschwerden, und hätte Martina ihn nicht zu Theresa geschleift, er hätte wohl nie von ihr erfahren. Es ist nicht sein dringendster Wunsch, sich mit dem Thema Krankheit und Gesundheit auseinanderzusetzen. Aber das braucht er auch gar nicht. Die Abmachung ist, dass Martina morgens das Seminar besucht und er sich in der Zeit um die Kinder kümmert. Das hat – theoretisch wenigstens – viele Vorteile. Er kann seine Distanz wahren, er hat Freiräume und auch

Zeit für sich selbst, er kann sich entspannen. Die Zwillinge haben sich schließlich gegenseitig zum Spielen, und Martina wird ihm die Seminarinhalte berichten. Damals, vor zehn Jahren, hat das ganz gut funktioniert, warum sollte es heute nicht auch funktionieren … Allerdings, damals waren die Kinder noch sehr klein, da leuchtete das Konzept unmittelbar ein. Doch hatte er nicht damals schon den Zwiespalt wahrgenommen, dazuzugehören und doch nicht dazuzugehören … ?

Zum ersten Abendessen im Hotel ruft sie das helle Klingeln eines Glöckchens. Sie können sich einen Platz aussuchen, sie sind die einzigen Gäste. Nicht ganz die einzigen: eine Frau um die vierzig sitzt an einem kleinen Tisch direkt am Fenster, man sieh sie nur von hinten, kurzes blondes Haar, dicke Brille, eher groß gewachsen. Sie setzen sich zwei Tische weiter, ebenfalls am Fenster.

Gabriella kommt nach kurzer Zeit selbst an den Tisch und nimmt die Bestellung auf.

- Isch hätte Spaghetti mit Tomatensoße als Voaspeise und frischen Fisch, hiea aus dea Bucht. Morgen, wenn Theresa kommt, machen wia dann einen Plan füa die Woche. Einverstanden?

Er war schon immer ein Genießer. Die Aussicht auf Antipasti und frischen Fisch lässt ihm das Wasser im Munde zusammenlaufen. Er gönnt sich noch ein Glas Weißwein *della casa* dazu. Die Zeit bis zur Vorspeise vergeht wie im Flug, alle sind etwas aufgekratzt von den Eindrücken des Tages, die Kinder stellen lauter Fragen zum Hotel und seinen Besitzern, die Thomas und Martina alle nicht beantworten können. Das Licht des Abends fällt jetzt schräg und flach in den Speisesaal, es sind die letzten Strahlen, bis die Sonne von dem gegenüberliegenden Hügel verdeckt wird und die ersten Lampen angehen werden. Da das Hotel in einer Schlucht liegt, geht das abends recht schnell. Nach kurzer Zeit füllt gelbes Lampenlicht den Innenhof, ein warmes, kräftiges Gelb, wie es im Süden typisch ist.

Es ist schon ein seltsames Gefühl, morgens noch in Deutschland gewesen zu sein und jetzt hier. Das Fliegen hat dieses Erlebnis möglich gemacht. Aber es hat auch etwas Unnatürliches, hier zu sein. Und eigentlich müsste er jetzt arbeiten. Eigentlich ... meint dieses Wort, dass es etwas Eigenes gibt, dem man sich zu beugen hat, eine Art höheres Gesetz? ,Eigentlich' müsste er jetzt arbeiten: Zusammen mit dem Konditional ,müsste' stellt ,eigentlich' klar, dass er gerade eine Regel gebrochen hat, denn ,eigentlich' gehört dieser Tag nicht seinem Urlaub, sondern seiner Arbeit, das heißt, dass er nicht Herr über seine Zeit ist ... Berufstätige Zeit ist eben Zeit, die einem nicht persönlich gehört und in der man freie Zeit beantragen muss. Dieser Gedanke überschattet den Aufenthalt hier, so als ob er sich damit strafbar gemacht hätte, jetzt mit seiner Familie an diesem Tisch zu sitzen und Pasta und Fisch und ein Glas Weißwein zu genießen. Ganz abschütteln lässt sich der Gedanke jedenfalls nicht. Zum Glück fällt ihm noch rechtzeitig ein, dass es – erstens – ein beantragter und genehmigter Urlaub ist und sie – zweitens – jetzt erst mal ein langes Wochenende haben und er daher mit vollem Recht hier sitzen und Pasta, Fisch und Weißwein genießen darf. Erst danach wird er sich ernsthaft mit seinem schlechten Gewissen auseinandersetzen.

Nach dem Essen verabschieden sie sich von Gabriella, und sie erklärt ihnen noch, dass sie morgen erst später kommt und dass ihnen Francesca, ihre Mutter, das Frühstück richten wird. Sie ziehen sich in ihre beiden Zimmer zurück, und vom Bett aus lauschend bemerkt Thomas, wie nach und nach auch das letzte Geräusch verschwindet und die Schlucht sich wie der Deckel einer Truhe über ihnen zu schließen scheint.

Der heutige Morgen, der erste auf der Insel, begrüßt sie mit einem wolkenlosen Himmel. Thomas zieht sich rasch an und geht als erstes zum Meer, das sich jetzt in gleichmütiger Ruhe von einem Ende der Bucht bis zum anderen vor ihm ausbreitet. Draußen bewegen sich in nicht allzu großer Entfernung wenige kleine Boote, die – möglicherweise – noch mit dem Fischfang beschäftigt sind. Der Sand ist nass unter den Füssen, die frische Meerluft füllt die Lungen, die Haut fröstelt ein wenig. Er kehrt dem Meer wieder den Rücken und steigt die Stufen zum Speisesaal hinauf.

-   *Caffè?*
-   *Sì, per favore.*

Francesca ist dabei, den Tisch zu decken und begrüßt ihn auf eine Art, als sei er Stammkunde. Das rührt ihn. Als Kaffeetrinker hat er sich unausgesprochen bereits auf die italienische Seite der Gäste geschlagen (auch wenn die ersten italienischen Gäste nicht vor Ende Juni in der Pension auftauchen werden). Die deutschsprachigen Gäste haben alle längst dem Kaffee abgeschworen, Kaffee gilt als Gift für das Nervensystem, schließlich reden wir hier über Gesundheitsseminare. Die deutschsprachigen Gäste trinken am Morgen Kräutertee.

Francesca stellt eine große Kanne frisch gebrühten Kaffee auf den Tisch, dazu eine Schüssel mit frischem Speisequark für die ganze Familie. Sie holen sich Brot vom Buffet.

Seinem Blick entgeht eine kleine Veränderung nicht, die sich im Vergleich zum gestrigen Abend ereignet hat. Dort, wo gestern Abend die Frau um die vierzig gesessen hat, kurzes blondes Haar, dicke Brille, eher groß gewachsen, sitzt jetzt ein älterer Mann, auch mit dem Rücken zu ihnen, so dass man zwar nicht sein Gesicht, aber seinen lichten Hinterkopf sehen kann. Er dürfte gegen siebzig sein. Wo kommt der denn plötzlich her? Er muss spät noch angekommen sein, als sie schon alle im Bett waren. Francesca muss sich um ihn gekümmert haben, vermutlich hat er einen späten Flug genommen, wer weiß von wo, München oder Stuttgart … Gibt es denn da noch so späte Flüge?

Als sie gerade mit dem Frühstück fertig sind, kommt auch die Frau um die vierzig, kurzes blondes Haar, dicke Brille, in den Speisesaal. Sie setzt sich unweit von ihnen und dem Mann an einen eigenen Tisch, studiert ungeniert die Lage und bedient sich dann am Buffet.

Nach dem Frühstück machen sie sich strandfertig. Alle vier brechen sie gemeinsam auf und setzen sich auf mitgebrachte große Handtücher. Die Mädchen fangen sofort an, Burgen zu bauen, Martina nimmt sich ein Buch vor, und Thomas erkundet ein wenig die nähere Umgebung. Als er zurückkommt, sieht er, dass sich eine kleine Gruppe der Bucht über den Strandweg nähert. Drei Personen ziehen jeder einen großen Rollkoffer hinter sich her, ein mittelgroßer Mann, eine große Frau mit offenem Haar und ein fast ebenso großes blondes Mädchen, ein Teenager. Bevor sie die vier erreichen, biegen sie zum Hotel ab. So als wäre dies der Startschuss für eine Choreographie des Ankommens, bemerken sie nun, dass, in scheinbar unregelmäßigen Abständen, bis zum Mittag immer mehr Personen mit einem Rollkoffer ankommen. Kein einziger lässt sich allerdings, wie sie am Vortag, von dem kleinen schnauzbärtigen Mann mit dem Raupenfahrzeug abholen. Es sind Einzelpersonen oder auch Paare. Thomas schätzt sie auf knapp ein Dutzend. Ganz zum Schluss kommt er dann doch noch mit seinem Raupenfahrzeug, darauf vier oder fünf Koffer. Und direkt hinter ihm folgen Theresa und Lisa, Theresa auf Lisas Arm gestützt. Ganz langsam, in kleinen schwankenden Schritten, bewegen sie sich wie Spaziergänger auf den ausgelegten Holzplanken, kommen näher und näher, und da erhebt sich Martina schon, um ihnen entgegenzugehen. Thomas nimmt sich mehr Zeit und begrüßt sie erst, als sie schon fast an der Schlucht sind. Die Mädchen haben sich Martina angeschlossen.

Sie trägt ein weites, wehendes, beiges Kleid, die Frisur sitzt perfekt, streng, der Blick mustert zugleich Thomas und den Eingang zur Schlucht. Thomas hält ihr die Hand zum Gruß hin. Sie erwidert den Gruß mit den Worten:

- Sie sehen ja schon richtig erholt aus. Es scheint Ihnen hier zu gefallen.

Die wenigen Worte genügen, um klarzustellen, dass sie die Expertin für die Insel ist.

-   Diese Insel ist ein Zipfel vom Paradies. Aber man kriegt's nicht geschenkt. Man muss es sich verdienen.

Was genau meint sie? Der erste Teil leuchtet unmittelbar ein, die Schönheit der Insel kann jeder erkennen. Aber warum muss man es sich verdienen? Genügt es nicht einfach, hierher zu kommen?

Nach den Begrüßungsfloskeln begleiten sie Theresa zum Hotel und gehen dann noch einmal zum Strand zurück, bis zum Mittagessen ist es noch etwa eine Stunde. Thomas spürt: Das Freiheitsgefühl des ersten Tages ist mit einem Schlag verschwunden. Ab sofort stehen sie unter Kontrolle.

Als die Zeit gekommen ist, begeben sie sich wieder in den Speisesaal, früh genug, um noch ihren Vierertisch am Fenster vor den neu Angekommenen verteidigen zu können. Die ersten wagen sich bereits neugierigen Blickes in den Saal hinein, respektieren jedoch die Aura der Anciennität, die Thomas, Martina und die Zwillinge ausstrahlen, obwohl sie nur einen Tag früher angekommen sind. Man verteilt sich auf die freien Tische. Augenblicke später erscheint Theresa am Treppenaufgang und bewegt sich ebenfalls dem Speisesaal zu, wo sie Martina am Fenster entdeckt. Sie strebt wie selbstverständlich in ihre Richtung, fängt unterwegs noch Gabriella ab, tauscht mit ihr ein paar Worte, und sofort beginnt Gabriella damit, einen noch freien Tisch neben dem von Thomas und Martina abzuräumen. Anschließend schiebt sie die beiden Tische zusammen. Aus dem Familientisch ist unversehens ein großer Gruppentisch geworden. Inzwischen ist auch Theresa bei ihnen angekommen.

- Das ist doch besser so, oder was meinen Sie.

Sie sagt das zu Thomas, und es ist auch gar keine Frage, sondern eine Feststellung. Sichtlich hat mit Theresas Ankunft das Drehbuch gewechselt: Theresa und Lisa haben jetzt erst einmal ihren Platz an Thomas und Martinas Tisch, mit anderen Worten, der Familientisch als solcher hat aufgehört zu existieren. Auch die Wahl der Speisen ist bereits getroffen, es gibt heute Kartoffeln und Bohnen. Da alle vegetarisch essen, erübrigen sich weitere Wünsche. Jeder holt sich eine Vorspeise am Salatbüffet.

- Das Salatbüffet ist hier immer das Beste. So frisch kriegen wir das zu Hause doch nicht.
- Aber die Sojasoße verdünnen sie, da sparen sie dran.

So verläuft das Tischgespräch, alles dreht sich um das Thema Essen. Im Wesentlichen kümmert sich Martina zusammen mit Lisa darum, die Konversation mit Theresa zu führen, während Thomas sich bemüht, die Mädchen bei Laune zu halten. Gabriella wirbelt zwischen Küche und Gastraum hin und her.

Am Nachmittag beginnt um fünf offiziell das Seminar mit der Bekanntgabe organisatorischer Dinge und einem Begrüßungsgetränk. Thomas geht derweil mit den Mädchen zum Strand, Martina wird ihm später alles berichten.

Der Speisesaal hat sich noch etwas gefüllt, offenbar sind am Nachmittag noch ein paar Gäste angereist. Martina erzählt, dass das Begrüßungsgetränk aus einem frisch gepressten Karottensaft bestand und dass Theresa mit Gabriella bereits das Essen für alle zwei Wochen abgesprochen hat, laktovegetabile Kost mit jeweils einem Salatbüffet als Vorspeise und einem Obstbüffet als Nachtisch. Beim Kochen werden keine erhitzten Fette verwendet, man würzt sich die Speisen selbst mit Essig, Öl, Sojasoße und frischen Kräutern.

Alle sitzen jetzt wieder in der Konstellation vom Mittagstisch, und Thomas ist, als sei er noch ein Stück weiter weggerückt, mit den Mädchen fast wie an einem eigenen Tisch, während Martina und Lisa mit Theresa eine feste Dreiergruppe bilden. Nach dem Abendessen erhebt sich Theresa als erste.

- Gute Nacht alle miteinander.
- Gute Nacht Theresa. Schlafen Sie gut.

Sie blickt etwas irritiert, wenn nicht leicht säuerlich. Doch das sieht nur, wer sie kennt.

Die Kinder schlafen schon nebenan.

-        Verstehst du, was mit ihr los war?
-        Sie scheint in der letzten Zeit nicht mehr gut zu schlafen.
-        Deshalb schaut sie so säuerlich?
-        Auch deshalb.

Auch Lisa kann noch nicht einschlafen. Warum fliegt Theresa so auf Martina? Weil sie Akademikerin ist?

Dienstag, 12. Mai. Heute Morgen testen die drei die hauseigene beheizte Therme, während Martina im Seminar ist. Diese Therme wird mit dem leicht braun gefärbten Wasser einer Quelle befüllt, die weiter hinten der Schlucht entspringt. Es heißt, das Wasser enthalte wertvolle Mineralien. Die Mädchen betrachten das kleine Becken jedoch eher als ein hauseigenes Schwimmbad, in dem man auch Tauchübungen vollführen kann.

Thomas begibt mich zum Entspannen in eine Ecke gegenüber dem Eingang, als er in einer Nische und zu seinem Erstaunen einen männlichen Körper bemerkt, genauer gesagt einen Kopf (der ganze restliche Körper ist im bräunlichen Wasser versteckt), der völlig reglos verharrt und sie beobachtet. Sofort signalisiert er den Mädchen, dass sie nicht allein in der Therme sind und dass sie ihre Tauchübungen daher einstellen müssen. Die beiden verlieren auch bald die Lust am Baden in der Therme, ohnehin sollten Kinder sich nur maximal zehn Minuten in ihr aufhalten, das war Theresas Empfehlung, er hatte ihnen das vorher auch schon angekündigt. Sie verlassen das Becken, nicht ohne dabei reichlich Spritzer nach allen Seiten zu verteilen. Thomas ist jetzt allein mit dem Kopf, in diagonal entgegengesetzten Ecken, aber auf Grund der geringen Beckenmaße doch so nah, dass man sich mühelos unterhalten könnte. Ein Becken, drei mal drei Meter, das ist eine intime Angelegenheit, auch wenn das Wasser dazwischen ist. Andererseits verbindet das Wasser auch die Körper, überträgt die Körperlichkeit von einem Subjekt auf das andere. Während draußen die Kleidung schützt, abschirmt, man sich zuknöpfen kann, setzt man sich im Wasser in all seiner Nacktheit dem anderen aus, seinen Blicken, seiner eigenen Nacktheit.

Seine Haut ist stark gebräunt, das Gesicht das eines Anfang Fünfzigjährigen, mit dichtem, kurz geschnittenem, leicht meliertem Haar und mit einem stechenden Blick aus Augen, deren Weiß umso mehr leuchtet, als sie Thomas aus einem – wie erwähnt – stark gebräunten Gesicht in einer dunklen Ecke des Beckens anschauen. Thomas tippt auf einen Italiener … So hat er sich immer die alten wohlhabenden Römer vorgestellt, die aus einer Therme der Hauptstadt heraus ein Weltreich regierten, Intrigen spannen und jeden Moment zu einer geistreichen Bemerkung über Schicksale und Weltenläufte fähig. Er beschließt, den Kopf insgeheim und nur für sich den ‚Römer‘ zu nennen.

-   Das Wasser der Therme soll sehr mineralhaltig sein.

Der ‚Römer‘ hat tatsächlich das Wort ergriffen, und zwar auf Deutsch. Thomas wundert sich, er hatte spontan gar nicht in Betracht gezogen, dass der andere ein Deutscher sein oder zumindest akzentfrei Deutsch sprechen könnte.

-   Oh ja, das hat man mir auch gesagt. Das scheint so ein wenig der Clou bei diesem Hotel zu sein, abgesehen von der genialen Lage direkt am Meer.

Er tut informiert, um das Gespräch in Gang zu halten, dabei ist er sich noch nicht einmal sicher, ob er das überhaupt will. Eigentlich wollte er entspannen, Urlaub machen, auf jeden Fall keine anstrengenden Gespräche führen.

-   Ich bin allerdings kein Experte für die Insel, wir sind vorgestern angekommen und zum ersten Mal hier.
-   Wie sind Sie denn auf dieses Hotel gestoßen?
-   Wir sind Seminarteilnehmer, das heißt nicht ich, sondern meine Frau. Ich bin hier nur Schlachtenbummler, vertreibe

meine Zeit und passe auf die Kinder auf. Wenn Sie Genaueres wissen wollen, müssten Sie die Seminarleiterin fragen, die kommt schon seit ewigen Zeiten hierher.

Der Römer scheint ein klein wenig enttäuscht von dieser Antwort. Thomas merkt es daran, dass er nicht weiterfragt, sondern noch ein Stück tiefer ins Wasser sinkt, so dass nun auch der Hals unsichtbar wird. Thomas setzt jedoch das Gespräch fort:

- Ich habe Sie noch gar nicht unter den Hotelgästen gesehen.
- Ich bin auch nicht im Hotel. Ich bin oben, im *Bella Vista*, habe aber mit Gabriella vereinbart, dass ich gegen Bezahlung die Therme benutzen darf.

Er sagt das so selbstverständlich (auch dass er Gabriella namentlich erwähnt und nicht zum Beispiel von der ‚Hotelbesitzerin' oder der ‚Chefin' spricht), dass Thomas daraus schließt, dass er hier schon des Öfteren Gast gewesen ist. Das Gespräch plätschert noch ein wenig vor sich hin, doch Thomas gewinnt den Eindruck, dass der Römer bereits sein Interesse an ihm verloren hat. Er verlässt als erster von beiden wieder das Becken, und Thomas kann selbst im Gegenlicht erkennen, dass er nicht nur im Gesicht, sondern am ganzen Körper diese tiefe, natürlich scheinende Bräune besitzt und dass dieser Körper überhaupt vollkommen durchtrainiert erscheint. Der Mann beeindruckt ihn. Als Thomas wenige Minuten später aus dem Becken steigt, ist von dem anderen keine Spur mehr zu sehen. Merkwürdig, auch die Mädchen, die es sich auf den Liegestühlen bequem gemacht haben und lesen, haben sein Verschwinden nicht bemerkt.

Gerade als die drei sich wieder auf den Weg nach oben machen, um sich für das Mittagessen anzuziehen, bemerkt Thomas, dass eine weitere Person in die jetzt leere Therme steigt, eine ältere, schlanke und ebenfalls recht gebräunte Frau mit auffällig hohen Wangenknochen, die er am Morgen im Speisesaal gesehen hat. Wie er scheint sie nicht am Seminar teilzunehmen.

Mittwoch, 13. Mai. Heute geht Thomas spontan auf Martinas Vorschlag ein, einmal die Rollen zu tauschen. Er wird also an Theresas Seminar teilnehmen und Martina beschäftigt sich mit den Kindern. Das Seminar findet im Erdgeschoss statt, in einem Raum, der sich direkt unter ihren beiden Zimmern befindet, etwas versteckt neben dem Treppenaufgang. Es ist ein im Vergleich zum Speisesaal kleiner Raum, und daher stehen die Stühle der Seminarteilnehmer in drei engen Reihen, davor bleibt noch etwas Platz für die Seminarleiterin.

Theresa besteht auf einem erhöhten Sitz, zusätzlich durch ein dickes Kissen aufgepolstert. Neben ihr hat Lisa einen Tageslichtprojektor platziert. Als Thomas den Raum betritt, sind fast alle Teilnehmer schon da. Er sucht sich flugs einen Platz in der hinteren Reihe und sieht jetzt das Ehepaar mittleren Alters samt Teenagertochter, neben ihnen den älteren Herrn (um die siebzig) mit Hinterkopfglatze, die groß gewachsene Frau um die vierzig (kurzes blondes Haar, dicke Brille), ein Paar, das er auf knapp vierzig schätzt, einen etwas jüngeren – vielleicht Ende Zwanzigjährigen – gutgelaunten Mann und noch ein Paar um die vierzig, beide recht groß, sie mit zarten Zügen und langem, dickem, kastanienbraunen Haar, er mit kurzem, lockigem, pechschwarzen Haar und eher groben Zügen. Dazu noch zwei ältere Damen Mitte siebzig. Das macht also mit ihm zusammen dreizehn Personen: überschaubar. Seltsam, er hatte sich die ganze Zeit vorgestellt, es seien mehr, aber diese Fehleinschätzung rührt wohl daher, dass er im Speisesaal auch noch Personen beobachtet hat, die zwar alle deutsch sprechen und Theresa zu kennen scheinen, ja sogar gut oder sehr gut, jedenfalls haben sie sich wie gute oder sehr gute Bekannte begrüßt, und sie partizipieren auch an Theresas Speiseplan (eigentlich eine Diät), die aber offensichtlich nicht zur Seminargruppe gehören.

Das Seminar beginnt mit einer Musikkonzentration (so nennt es Theresa, das ist Thomas noch von dem ersten Seminar in Erinnerung, vor zehn Jahren), das heißt, Lisa spielt den Anfang eines klassischen Musikstücks, meist österreichische Komponisten – heute ist es Schubert – von einem vorbereiteten Tonträger ab, etwa zwei oder drei Minuten lang. Alles lauscht versunken der Musik. Danach beginnt Theresa ihren Vortrag. Das heutige Thema lautet „die fünf Charaktereigenschaften", es geht um Ehrlichkeit, Mut, Zeitnutzung, positive Lebenssicht und Vergebung. Thomas hätte diese sogenannten Charaktereigenschaften vielleicht als Tugenden bezeichnet oder nur allgemein als Eigenschaften, (ist nicht der Charakter eines Menschen eher so etwas wie fröhlich, offenherzig oder stur?), doch das ist nun mal eine eigene Systematik, und überhaupt: warum gleich rumkritteln, er hat ja den ersten Tag gar nicht mitbekommen, nur indirekt über Martina … Er verordnet sich geduldiges Zuhören.

Theresa erklärt ihre Grundlagen in einfachen Worten und vielen, zum Teil lustigen Alltagsbeispielen, doch Thomas ertappt sich dabei, dass ihm das selbst verordnete geduldige Zuhören schwerer fällt als gedacht. Seine Gedanken schweifen immer wieder ab. Mal drängen sich

Probleme seiner Arbeit hinein, mal fällt sein Blick auf den einen oder anderen Seminarteilnehmer, und er kann nicht umhin, ihn oder sie eine Weile zu beobachten. Zwei gehören offenbar schon zu den Fortgeschritteneren, Theresa nennt sie auch beim Namen, Magdalena und Simon, sie geben des Öfteren die von Theresa erwarteten Antworten. Alle machen sich Notizen, allerdings: Thomas hat seine Mühe damit … keine Lust, im Urlaub zu arbeiten (das Notizenmachen kommt ihm wie arbeiten vor), und dann diese Schülerhaltung. Ist er nun hiergekommen, um Urlaub zu machen oder um zu arbeiten? Und jetzt fühlt er sich obendrein, als müsste er wieder die Schulbank drücken … Nun gut, er hat es Martina versprochen, also schreibt auch er – mühsam, wider Willen – ein paar Dinge auf einen Block, den sie ihm extra mitgegeben hat.

Sein Radius scheint seltsam geschrumpft. Vor drei Tagen noch war er zu Hause, mit mehrtägigen arbeitsbedingten Abwesenheiten, lange Fahrten mit der Bahn, lange Arbeitstage von sieben oder acht in der Früh bis sieben Uhr abends, täglich eine Vielzahl von Menschen und Orten, Büros, Übungsräume, Cafeterias … Und jetzt: ein Zimmer in einem kleinen Hotel, darüber ein Speisesaal, darunter dieser Seminarraum, dreißig Meter bis zum Strand, an dem man zwar nach rechts oder nach links laufen kann, das wär's aber auch schon. Und ein Tagesablauf, der sich gleichförmig von Aufstehen, Frühstücken, Strandgang (oder Seminarbesuch), Mittagessen, Strandgang, Abendessen und Zubettgehen bewegt. Und jetzt gerade schrumpft sein

Radius noch einmal auf Stillsitzen in diesem Seminarraum und Zuhören. Er hat eine Pose angenommen, die ihm eigentlich überhaupt nicht behagt, die des stillen Zuhörers, ja des Schülers, wo er doch ansonsten der Lehrer ist, jedenfalls der Handelnde, der Gebende. Die Eigenschaft der Zeitnutzung? … Der Gedanke daran drängt sich plötzlich auf (Ehrlichkeit, Mut, Zuversicht und Vergebung hingegen scheinen – jedenfalls für heute – kein Thema für ihn zu sein). Zeitnutzung … Ist dieses Sillsitzen und Zuhören im Seminar vielleicht doch gut genutzte Zeit? Was, wenn er stattdessen jetzt mit den Kindern am Strand sitzen und Sandburgen bauen würde? Beides gleich sinnvolle, gut genutzte Zeit? Kommt auf den Standpunkt an. Vom Standpunkt des berufstätigen Familienvaters, der Zeit mit seinen Kindern verbringen möchte, geht der Punkt klar an die Sandburgen. Vom Standpunkt der persönlichen Bildung punktet die Seminarteilnahme. Immerhin, endlich ein erster konkreter Bezugspunkt zu dieser Theorie.

-   Papa, warum sitzt du noch da?
-   Nichts. Ich denke noch ein bisschen nach.

Luise hat ihn entdeckt. Alle haben den Raum verlassen, doch Thomas ist noch sitzen geblieben. Soweit er sich erinnert, hat irgend jemand ihn noch irgend etwas gefragt, und er muss ihm oder ihr wohl zufriedenstellend geantwortet haben, jedenfalls ist er allein und von weiteren Fragen unbehelligt in seinen Gedanken versunken sitzen geblieben, bis ihn Luise gefunden hat. Worüber hat er nachgedacht? Er weiß es nicht mehr. Er weiß auch nicht, wie lange er da gesessen hat ... zehn, fünfzehn Minuten vielleicht.

-       Kommst du jetzt zum Mittagessen? Mutti wartet schon auf dich.

-       Sag ihr, ich komme gleich. Ihr könnt schon vorgehen.

Sie verlässt den Raum wieder, und er steht langsam auf. Er macht ein paar Schritte (etwas mühsam: sein rechtes Bein ist eingeschlafen) und versucht, sich zu erinnern. Er hat gegen Ende der Seminarsitzung eine Art Vision gehabt, oder genauer gesagt: eine Erinnerung. In dieser Erinnerung hat er sich als viel jüngerer Mann in einem Haus in den Bergen aufgehalten. An Details kann er sich allerdings im Moment nicht mehr erinnern. Er wüsste auch gar nicht, dass er sich als jüngerer Mann jemals in einem Haus in den Bergen aufgehalten hätte. Und einen Zusammenhang mit dem Thema der heutigen Seminarsitzung kann er auch nicht erkennen ... eigenartig.

Er begibt sich hinauf in den Speisesaal und setzt sich an den gewohnten Tisch. Dieser ist erneut in der Länge gewachsen und mit zwei weiteren Gedecken versehen. Für wen sollen denn nun noch diese beiden Gedecke sein? Es dauert nicht lange, da kommt Theresa aus dem

Treppenhaus, in ihrem Schlepptau eine weibliche und eine männliche Person. Die weibliche Person kennt Thomas bereits vom Sehen, es ist die schlanke und recht gebräunte ältere Frau mit den auffällig hohen Wangenknochen. Der Mann ist ihm unbekannt. Er ist ebenfalls schon älter, ebenfalls schlank und drahtig wirkend, weißhaarig mit Stirnglatze und kantigen Kieferknochen. Sie setzten sich an die beiden gedeckten freien Plätze.

Theresa scheint beide gut zu kennen, doch es gibt Unterschiede. Die Frau – Theresa nennt sie Hildegard – scheint das vertrautere Verhältnis zu Theresa zu haben. Zu dem Mann aber – Theresa nennt ihn Andrej – bleibt sie auf Distanz. Er selbst scheint auch die Distanz zu wahren und nimmt Martina gegenüber Platz, wodurch er von der Dreiergruppe Theresa, Lisa und Hildegard ausgespart bleibt. Bald entwickelt sich ein Gespräch zwischen Martina und ihm, es geht um Goethe. (Nach dem Essen wird sie Thomas berichten, dass Andrej ein großer Goethe-Kenner ist und an einem Buch über Goethe arbeitet). Wenn Thomas sich aufs Zuhören konzentriert, vermag er allerdings auch Fetzen des Gesprächs wahrzunehmen, das von Theresa, Hildegard und Lisa geführt wird:

- … kommen damit nicht zurecht, haben keine Ordnung, keine Struktur, also das muss man ihnen erst einmal beibringen, alle können das nicht automatisch verstehen, also das äh, also da …

- Mhm

- Also was …

- Gut, da hab' ich des jetzt noch nicht gehört, da sind sie eigentlich alle ganz zufrieden so mit ihrem System und haben, denk ich, ja auch nochmal eine andere Voraussetzung, sie wissen ja zum einen, dass sie die Materialien dann zur Vorbereitung auf die Tagesprüfungen …

- … die seelischen Prozesse, die im Laufe der Entwicklung einfach stattfinden, es ist ein Unterschied, ob du das einem sagst, der grad angefangen hat, oder einem, der sich wirklich schon seit Jahren damit beschäftigt …

Es ist also die Rede vom Seminarablauf. In der Tat, Hildegard nimmt gar nicht am Seminar teil. Sie muss also einen anderen Status haben, sie muss eine aus dem inneren Kreis der Mitarbeiter sein, eine Eingeweihte.

Es scheint mehrere Sphären in diesem Hotel und um Theresa herum zu geben. Es gibt diejenigen, die nicht im Hotel wohnen, jedoch gelegentlich herkommen, um hier zu essen, wie Andrej, oder in der Therme zu baden, wie der Römer; es gibt diejenigen, die im Hotel wohnen, aber nicht am Seminar teilnehmen und nur an der speziellen Kost partizipieren wollen, dazu zählt Hildegard; dann gibt es die Seminarteilnehmer, die alle im Hotel wohnen, und unter ihnen gibt es wiederum die Fortgeschrittenen, die schon mehrfach an Theresas

Seminaren teilgenommen haben, wie Magdalena und Simon (oder auch Martina), und schließlich gibt es die Novizen oder Fastnovizen, zu denen sich auch Thomas rechnet. Offenbar ist mit diesen Sphären eine Wissenshierarchie verbunden: Am meisten wissen diejenigen, die gar nicht am Seminar teilnehmen (wobei nicht klar ist, ob der Römer auch dazu zählt, ja ob er Theresa überhaupt persönlich kennt … Thomas vermutet es, Theresa scheint alle irgendwie zu kennen), und am wenigsten wissen die Novizen und Fastnovizen … . Immerhin, Thomas hat nun herausgefunden, dass es diese Sphären gibt, und er weiß auch von einigen, zu welcher Sphäre sie gehören. Als sportliche Herausforderung nimmt er sich vor, in den kommenden Tagen den genauen Status auch der anderen herauszufinden.

Doch was ist mit ihm selbst? Wie weit geht seine Neugier, sein Wissensdrang? Will er eigentlich selbst in den Besitz des Seminarwissens kommen (Martina würde ihm das ohnehin alles erzählen), nach außen aber weiterhin so tun, als wäre er nur ein interessierter Außenstehender? Oder will er in erster Linie zwei Wochen Urlaub auf der Insel machen und sich damit vergnügen, die Hotelgäste und ihre sich entwickelnden Beziehungen zu beobachten? Er weiß es selbst noch nicht. Was er allerdings spürt, ist, dass er bereits in ein feines, unsichtbares Netz eingesponnen ist, ein Netz aus Fragen und möglichen Antworten, aus Begegnungen mit ihm bis dahin Unbekanntem, das bei näherem Hinsehen rasch an Vertrautheit gewinnt, aus Begegnungen mit

Personen, die er gestern noch nicht kannte und die heute für ihn schon fast nicht mehr wegzudenken sind.

Donnerstag, 14. Mai. Francesco, Gabriellas Bruder, hat inzwischen einige Liegestühle für die Hotelgäste am Strand aufgebaut. Das gute Wetter scheint sich festgesetzt zu haben, am Nachmittag sind die Temperaturen sommerlich, und der Strand hat sich mit Seminarteilnehmern gefüllt. Wie aus dem Nichts tauchen fliegende Händler auf, meist Inder, auch ein paar Afrikaner und Einheimische. Sie bieten billigen Schmuck, Uhren und Kleider an. Eine Frau macht Werbung für ihre Kokosnussschnitze. Um die Frau des Paares mit Teenagertochter kümmert sich ein indischer Kleider- und Schmuckhändler, genauer gesagt redet er auf die Dame ein und zaubert ein Kleidungsstück nach dem anderen hervor, während ihr Mann auf dem Liegestuhl in einem Buch blättert und die Teenagertochter mit Marie und Luise Freundschaft geschlossen zu haben scheint, die drei stehen mit den Füßen im Wasser und schwatzen. Martina wendet sich dem Verkaufsgespräch des Inders zu, Thomas bleibt mit einer Lektüre auf der Strandliege.

Der Mann mit dem Buch ist vollkommen durchtrainiert, kein Gramm Fett, ein Sportler. Nach einer Weile legt er sein Buch zur Seite und spricht Thomas beiläufig an.

- Gestern war hier noch niemand. Plötzlich ist Betrieb …
- Ja, auffällig. Als hätte heute die Saison begonnen.
- Um diese Zeit leben hier alle von den Deutschen und Österreichern. Wir, ich meine die Theresa-Truppe, sind immer

die ersten, die herkommen, und wenn das Wetter mitspielt, wie dieses Jahr, ist es super, außer, dass es zum Baden noch etwas kalt ist. Im Juni kommen dann nochmal andere Leute, auch alles Deutsche, Schweizer, Österreicher, und im Juli und August die Italiener. Im September kommen dann wieder die Theresa-Leute. Theresa verbringt praktisch den ganzen Mai und den ganzen September hier.

- Sie kennen sich schon gut aus. Wir sind das erste Mal hier.

- Ich habe schon etliche Seminare bei Theresa besucht. Ich bin übrigens Ralf.

- Danke. Ich bin Thomas … Du kennst dich gut aus hier.

- Wir kommen nach Möglichkeit jedes Jahr. Nicht immer im April oder Mai, nach Möglichkeit im September. Es ist wegen der Aufladung. Diese Aufladung hast du nur an wenigen Orten.

Die Metapher der „Aufladung" kennt Thomas schon von Theresa, Martina benutzt es auch, beziehungsweise hat es von ihr übernommen. Klingt nach einem Akku, der geladen werden muss. So abwegig scheint das gar nicht, es geht um Energie.

Ralf und seine Frau gehören also offenbar zu den Fortgeschrittenen.

-   Was machst du denn beruflich?

-   Ich bin Ingenieur bei Steyr. Wir bauen Traktoren.

Oh je, das ist jetzt nicht gerade ein Gebiet, auf dem Thomas sich auskennt. Das Gespräch wird geradewegs in eine Sackgasse laufen. Er muss sich etwas einfallen lassen.

-   Interessant. Ich versteh davon allerdings nichts. Ich arbeite an der Uni, im Bereich Geschichte.

-   Du lehrst Geschichte?

-   Lehrerbildung. Aber jetzt bin ich im Urlaub … Bin froh, mal für ein paar Tage Abstand zu haben.

-   Versteh ich. Hab auch viel Stress gehabt, die letzte Zeit. Der Druck im Betrieb ist enorm.

Das Gespräch plätschert nun vor sich hin.

-   So ein Tag geht schnell rum.

-   Stimmt.

Und siehe da, schon sind sie bei seinem Lieblingsthema.

-   Eigentlich sollte die Zeit hier nicht so schnell rumgehen … Ich meine, auf der Arbeit ist man stundenlang beschäftigt, ruck zuck ist Abend, und wieder ist ein Tag deines Lebens vorbei. Im Urlaub oder in einem Urlaubsseminar wie hier sollte das eigentlich anders sein, oder?

- Sollte … Aber an der Zeit können wir nicht drehen. Sie läuft ab … ob wir wollen oder nicht.
- Stimmt auch wieder. Es ist wohl eher eine subjektive Wahrnehmung, dass die Zeit im Urlaub langsamer vergeht. Man kann mal nichts tun, das verändert schon was.
- Aber wenn man immer „nichts tun" würde, dann würde man gar nicht mehr den Unterschied sehen …
- Vielleicht … vielleicht auch nicht. Ich denke aber auch, dass man erst beides kennen muss, um vergleichen zu können … Dabei fällt mir das Thema Zeitnutzung ein, hatten wir doch gestern erst … Was heißt Zeitnutzung eigentlich, wenn man auf der Arbeit ist?
- Er denkt nach.
- Na ja, dass man seine Arbeit so gut macht, wie man kann …
- Und wenn es nicht die richtige Arbeit ist, ich meine, wenn man sich dort nicht weiterentwickeln kann?
- Dann muss man sie vielleicht sein lassen und sich was anderes suchen.

Jetzt muss Thomas erst mal nachdenken, das Thema beschäftigt ihn schon lange. Der Mann hat auf alle Fälle was zu sagen. Thomas versucht, sich vorzustellen, was Ralf als Ingenieur bei einem Traktorenhersteller den ganzen Tag über so tut, vielleicht eine

44

spannende Tätigkeit ... über technischen Plänen brüten, Produktionsketten überwachen, Probleme im Team besprechen. Vielleicht hier und da auch mal langweilige Mailkorrespondenz erledigen. Vielleicht muss man mit begrenzten Mitteln auskommen, um überzogene Ziele zu erreichen ... Thomas hat keine Ahnung, was weiß er schon vom beruflichen Alltag anderer. Er könnte ihn danach fragen ... aber vielleicht wäre das hier und heute unpassend.

Ralfs Frau kommt zurück, zwei bunte Kleider über dem Arm. Ralf nickt, kein Kommentar, sie wirkt zufrieden mit ihrem Kauf. Auch eine Möglichkeit, die Zeit zu nutzen. Mit seiner Familie zusammen zu sein, den Kindern zuzusehen, für Thomas ist das auf alle Fälle gut genutzte Zeit.

Am späten Nachmittag geht er noch einmal in die Therme, obwohl er gehört hat, dass ein Mal pro Tag das richtige Maß sei, mehr Mineralien würden vom Körper ohnehin nicht aufgenommen werden. Doch jetzt zieht es ihn dorthin, er überlegt nicht lange. Das Wasser hat Körpertemperatur, ein Genuss. Zu seiner Überraschung ist er nicht allein. In der Nische sitzt wieder der Römer. So als hätte er auf ihn gewartet. Thomas kann nicht sagen, dass ihm seine Anwesenheit unangenehm ist, es ist eher, dass er absolut nicht mit ihm gerechnet hätte.

- Hatten Sie einen schönen Tag?
- Danke für die Nachfrage. Und selbst?
- Bestens. Sie waren in Theresas Seminar?

Woher weiß er das denn? Hat er einen Spion in der Gruppe?

- Ja, meine Frau meinte, ich könne mir das ja auch einmal anschauen. Sehr spannend …
- Warum sagten Sie zu mir, Sie seien bloß Schlachtenbummler Ihrer Frau?
- Nun ja, meine Frau war es, die unbedingt an dem Seminar teilnehmen wollte …
- Haben Sie sich schon einmal überlegt, dass es kein Zufall sein kann, dass Sie hier sind und diese Informationen bekommen, genau wie Ihre Frau?

Von der Seite hat er sich die Sache noch gar nicht überlegt.

- Und dass Sie längst auf dem Weg sind, genau wie Ihre Frau! Nutzen Sie die Chance, von Theresa zu lernen.

Nach einer Weile fährt er fort:

- Was glauben Sie denn, weshalb Sie hier sind?

Thomas kann ihm keine Antwort geben.

- Nicht Ihre Frau braucht dieses Seminar, sondern Sie. Was glauben Sie, wer dafür gesorgt hat, dass Sie hier sind? Sie folgen nur scheinbar ihrer Frau. In Wirklichkeit sollen Sie etwas von Theresa erfahren, nach dem Sie schon lange suchen. Sie sind hier nicht auf einer Urlaubsreise, sondern auf einer spirituellen Reise.

Was ist denn das jetzt? Was nimmt der sich raus? Thomas ist geschockt. Nach einer Weile des Schweigens verlässt der Römer das Becken auf einmal wieder, unerwartet, genau wie gestern Morgen.

Thomas Kopf ist im Moment unfähig, das Gesagte einzuordnen, doch eine Stimme in ihm sagt, dass der Mann recht haben könnte. Warum sperrt er sich eigentlich gegen dieses Seminar, dagegen, es als Chance auch für sich anzusehen? Warum schiebt er immer Martina vor? Und dann: „Was glauben Sie, wer dafür gesorgt hat, dass Sie hier sind?" ... (Hat er von Gott gesprochen? ... Wenn Thomas ernsthaft drüber nachdenkt: Wer spricht noch von Gott? Wenn mal jemand sowas sagt, das hört man dann und lässt es so stehen. Man spricht das selbst nicht an, man würde ein Risiko eingehen, die Leute können damit nicht umgehen, fühlen sich bedrängt. Ist Gottes Name unaussprechlich geworden? Tragen ihn die meisten noch in sich, ganz im Verborgenen, im stillen Kämmerlein? Oder hat man ihn vergessen? Man trennt die Dinge: Hier die Dinge, die man sieht und hört, die beweisbaren Dinge, die öffentlichen Dinge, das, was der Verstand einem zugesteht; und dort die privaten Dinge, die Dinge, die man vielleicht fühlt, aber nicht beweisen kann, die Dinge, die nicht in den Nachrichten vorkommen und über die niemand redet ... Und Gott?)

An dem Satz des Römers ist etwas dran, das spürt er. Das bräunliche und gut gewärmte Wasser der Therme wiegt seinen Körper, der kein Gewicht mehr zu haben scheint. Allmählich kehrt die Kontrolle zurück. Wer um alles in der Welt ist dieser Mann?

Als Thomas später im Speisesaal erscheint, fällt ihm sofort auf, dass sich nun ein zweiter Gruppentisch gebildet hat, an dem alle übrigen Seminarteilnehmer sitzen, außer Ralf mit seiner Familie. Da wächst etwas zusammen.

An Thomas Tisch beklagt Lisa einen Insektenstich. Das ist insofern seltsam, als es im Mai hier eigentlich noch gar keine stechenden Insekten gibt. Sie rätseln eine Weile herum, bis Theresa das Thema mit den Worten beendet:

-       Hast du wieder an mir herumgestichelt?

Spielt sie darauf an, dass Lisa es sich zur Gewohnheit gemacht hat, sie – Theresa – im Alltag des Zusammenlebens zu kritisieren? Der Insektenstich sozusagen als Reaktion auf diese Sticheleien? Den Punkt hat sie schon einmal im Seminar allgemein angesprochen – ohne Bezug zu Lisa – und mit anderen Beispielen illustriert. Einen Moment lang ist es still am Tisch. Thomas hat es selbst in den zwei Tagen schon beobachten können, und Martina hat es ihm auch bestätigt, wie Lisa nämlich ihre Stellung als erste Assistentin Theresas zur Schau stellt und gelegentlich – allerdings nur hinter verschlossenen Türen, das konnte er natürlich nicht direkt beobachten, das weiß er nur von Martina – übergriffig wird: Kritteleien, Sticheleien, Besserwisserei … Launen eben, wie sie manchmal vorkommen bei Personen, die eine andere Person pflegen müssen (allerdings hat niemand Lisa gezwungen, Theresa zu pflegen; vermutlich war auch zu Beginn keine Rede von Pflege, sie muss da irgendwie reingewachsen sein, am Anfang – so hatte Martina es ihm berichtet – war sie nur eine Mitarbeiterin unter anderen gewesen). Geht ihn das überhaupt etwas an? Er beobachtet die Dinge nur und versucht, sich seinen Reim darauf zu machen. Steht es ihm zu, Lisas Verhalten zu beurteilen, wenn er die genauen Hintergründe nicht kennt? … Steht das überhaupt jemandem zu? Ist nicht alles ein Geben und Nehmen, und oft weiß man als Außenstehender gar nicht, wer etwas gibt und wer etwas nimmt?

Hildegard ist es, die das Schweigen beendet:

-       Diese frische Petersilie zu den Kartoffeln ist einfach köstlich.

Dabei schnalzt sie mit der Zunge und lässt ein genießerisches Stöhnen vernehmen. Thomas hat schon gestern bemerkt, dass sie sich in überschwänglichen Apostrophierungen sowie begleitenden Geräuschen und Mimik ergeht, wenn sie das Essen lobt. Ihr Themenwechsel hat den gewünschten Erfolg, die Spannung löst sich auf und alles beteiligt sich lebhaft an der Kommentierung des Essens. Nur Lisa blickt angesäuert.

Wasser predigen und Wein trinken … Was ist dran an dem Gerücht, das Martina zugetragen worden war, schon damals beim Alpenseminar, Theresa sei in einem Café in der Stadt gesehen worden, beim Kuchenessen, wo sie doch derartige Unarten in ihren Seminaren streng verurteilt. Kaffee und Kuchen (Kuchen mit Auszugsmehl und Industriezucker) sind strengstens verboten in der speziellen Diät, die sie propagiert, hier zu fehlen entspräche einer Unehrlichkeit der Verpflichtung gegenüber, den eigenen Körper als „Leihgabe Gottes" (so Theresa) zu betrachten. Nun, in welcher Absicht war das Gerücht gestreut worden? Alles nur eine Prüfung in Kritikenthaltung? Welche Prüfungen hat die Arme – Lisa – tagtäglich zu bestehen? Welche Prüfung hat er – Thomas – zu bestehen, wenn er solche Gerüchte hört oder wenn er Vorwürfe hört, wie die soeben am Tisch geäußerten? Wer von euch ohne Sünde ist, der werfe den ersten Stein … (Alles nur Ahnungen. Erst Jahre später wird sich das Puzzle für ihn zusammensetzen, als er alle bis dahin verstreuten Teile endlich gefunden hat).

Nach dem Abendessen geht er noch eine Runde allein zum Strand, Martina und die Mädchen bleibt drinnen, sie wollen lesen. Das Wasser spiegelt das Licht des fast vollen Mondes, es ist ungewöhnlich hell. Plötzlich hört er eine Stimme hinter sich.

- Ich wollte Sie die ganze Zeit schon mal ansprechen.

Er dreht sich um. Hinter ihm steht, von ihm völlig unbemerkt, der ältere, angegraute Herr mit – soweit Thomas sich vom Speisesaal her erinnert – entblößtem Hinterkopf. Im Schein des Mondes ist die Glatze sogar deutlicher zu erkennen als das Gesicht.

- Sie scheinen auch nicht so ganz dazuzugehören. Ich meine, Sie waren bisher nur einmal bei Theresas Vorträgen.
- Stimmt. In erster Linie nimmt meine Frau am Seminar teil (das mit dem Schlachtenbummler verkneift er sich jetzt). Wir haben ja die Mädels, die kann man nicht allein lassen. Aber was meinen Sie mit „auch nicht"?
- Ich will ehrlich zu Ihnen sein, ich hab sie ja auch angequatscht. Es ist ... ich hab so meine Schwierigkeiten mit den Inhalten. Ich hatte mir unter dem Seminar etwas anderes vorgestellt.

Thomas schaut ihn verwundert an. Offenbar ist der Mann irgendwie in dieses Seminar reingerutscht, ohne zu wissen, auf was er sich eingelassen hat.

- Also, das mit den Universalgesetzen leuchtet mir ja noch ein (zum Glück weiß Thomas, was er meint), aber wenn sie von Gott und dem Heiligen Geist spricht, dann kann ich nicht folgen. Auch dass sie Jesus Christus bisher mit keinem einzigen

Wort erwähnt hat … und die Bibel als Versuchung zu bezeichnen, das kann ich nicht akzeptieren.

- Ich bin zwar kein Experte, aber mir scheint, sie meint, dass man die Bibel nicht unkritisch lesen, sondern dass man sich eine eigene Meinung bilden sollte. Außerdem betont sie, dass die Bibel eine historische Schrift ist, die auch als Dokument ihrer Zeit zu verstehen ist. Wir haben uns seitdem weiterentwickelt.

Thomas merkt ihm an, dass er damit nicht zufrieden ist. Verbindet er mit der Bibel den absoluten Wahrheitsanspruch? Das sind sehr schwierige Fragen. Hier kann man sich als Laie nur die Finger verbrennen. Er versucht, aus der Klemme herauszukommen:

- Was soll ich Ihnen sagen … Ich kenne Theresa und ihre Theorie auch nicht so gut, dass ich ihnen das jetzt erklären könnte. Und mit manchen Dingen habe auch ich so meine Schwierigkeiten. Aber man muss den Dingen Zeit geben. Niemand zwingt uns, das alles zu glauben. Sie selbst sagt ja ständig, man solle alles überprüfen.

Das scheint ihm einzuleuchten. Hat er etwa schon Vertrauen zu Thomas gefasst? … In seinen Augen sind sie offenbar so etwas wie Komplizen geworden. Thomas soll es recht sein.

-     Ich heiße übrigens Pirmin.

-     Thomas.

-     Ich bin im Ruhestand. War stellvertretender Schulleiter an einem kleinen Landgymnasium im Hessischen. Ich bin es gewohnt, mit solchen Theorien kritisch umzugehen.

-     Aber wenn du das so sagst (Thomas versucht es einfach mal mit dem du), wie kommt es denn, dass du überhaupt auf dieses Seminar gestoßen bist?

-     Eine Freundin hat es mir empfohlen. Sie kennt sich bei sämtlichen Lebenslehrern bestens aus (er zählt mehrere bekannte Namen auf) und hat auch schon einmal an einem Wochenendseminar bei Theresa teilgenommen. Sie schwärmt von ihr.

-     Und dann hast du dich einfach mal angemeldet?

-     Es ist leider so, dass ich kaum noch unter Leute komme … kaum noch rauskomme aus dem Einsiedlerdasein. Die zwei Wochen Seminarurlaub kamen da gerade recht.

Das verbindet die beiden auf eine bestimmte Art. Auch Thomas hatte sich mal vorgestellt, er würde hier mit der Familie richtig Urlaub machen. Der andere kann das Schmunzeln auf Thomas' Gesicht nicht sehen. Belanglosigkeiten austauschend gehen sie zum Hotel zurück. So ganz wohl ist Thomas noch nicht bei dieser plötzlichen Nähe zu Pirmin.

Nur mit vier Personen aus der Seminargruppe hat er jetzt noch nicht gesprochen, beziehungsweise hat sich noch kein Bild von ihnen machen können: die groß gewachsene Frau um die vierzig mit kurzem, blonden Haar und dicker Brille (die – nebenbei – ihre Augen übermäßig vergrößert); das Paar, das er auf knapp vierzig schätzt, sowie den etwas jüngeren, meist gutgelaunten Mann Ende zwanzig. Von der groß gewachsenen Frau weiß er immerhin durch Martina, dass sie Johanna heißt, in der Verwaltung eines Warenhauses in Bregenz arbeitet und schon mehrere Seminare bei Theresa besucht hat. Sie gehört also theoretisch zur Gruppe der Fortgeschrittenen. Der jüngere Mann Ende zwanzig, Kilian, scheint ihm ein wenig aus dem Weg zu gehen oder Thomas ihm, er kann nicht genau sagen, wer wem aus dem Weg geht, wahrscheinlich beruht die Distanz auf Gegenseitigkeit. Thomas kann nur sagen, dass er ihm nicht behagt, er spielt ihm zu sehr den jugendlichen Hahn im Korb. Vielleicht beneidet er ihn sogar. Im Übrigen betrachtet er ihn wie auch Pirmin und sich selbst als Novizen in Sachen Seminarinhalte. Bleibt noch das Paar, das er auf knapp vierzig schätzt und von dem ihm – wahrscheinlich wieder durch Martina – bekannt ist, dass sie in München wohnen und er dort eine Firma leitet, in der sie angestellt ist. Sie scheint die treibende Kraft bezüglich der

Seminarteilnahme zu sein, sie war es auch, die sich am Vormittag, an dem er am Seminar teilgenommen hat, mehrfach zu Wort gemeldet hat, während ihr Mann oder Partner seines Wissens nur zuhörte. Sie scheint Theresa auch ein wenig zu umgarnen.

Die Gelegenheit, mit ihrem Partner etwas in Kontakt zu kommen, bietet sich am nächsten Morgen, als dieser, wie Thomas, ganz früh – noch vor dem Frühstück und vor allen anderen – in die Therme geht. Sie sind allein.

- Ich genieße es, morgens als erster in die Therme zu gehen. Da ist das Wasser noch sauber … Sie wissen, was ich meine.

Er schmunzelt.

- Ja, ich auch. Birgit macht um diese Zeit Sport, sie geht am Strand joggen, da gehe ich dann eben in die Therme.

Er ist etwas dicklich, man sieht ihm an, dass Joggen, und noch dazu um diese Zeit, für ihn nicht in Frage kommt.

- Ich nutze das aus. Wenn ich erst mal wieder zurück bin, tue ich doch wieder nichts für die Gesundheit. Ich bin übrigens Thomas.
- Ich bin Matthias.
- Wir können gerne du sagen … Eher eine unübliche Zeit für Urlaub.

-   War für mich auch nicht ganz einfach, die zwei Wochen rauszuschlagen. Aber Birgit wollte unbedingt an dem Seminar teilnehmen.

-   Geht mir genauso.

Da hätten sie schon mal etwas Gemeinsames.

-   Was machst'n beruflich.

-   Ich hab eine Firma, Gebäudereinigung und Insektenbekämpfung. Wir arbeiten vor allem am Flughafen.

-   Da kenn ich mich überhaupt nicht aus. Ich glaube, ich hab' ein einziges Mal was mit einem Kammerjäger zu tun gehabt, da ging's um Ratten.

-   Ja, Ratten und Mäuse, das ist häufig. Aber die Leute rufen uns auch wegen Bettwanzen und Kakerlaken. Am Flughafen wird das Ungeziefer meist mit dem Urlaubsgepäck eingeschleppt.

So geht das Gespräch weiter, Matthias erzählt Thomas von seiner Firma, Thomas erzählt von seiner Arbeit. Er erfährt, dass Birgit erst seit kurzem bei Matthias wohnt und er sie als Mitarbeiterin in seinem Betrieb kennengelernt hat. Sie sei aber noch auf der Suche nach was anderem, beruflich, träume davon, sich zur Gesundheitsberaterin ausbilden zu lassen. Deshalb mache sie die Ausbildung bei Theresa. Matthias wirkt entspannt, doch als er von Birgit erzählt, wirkt seine

Stimme leise, fast ein wenig traurig, wie Thomas scheint. Vielleicht täuscht er sich …

(Ich greife vor: Kurze Zeit nach dem gemeinsamen Seminar werden sie sich trennen. Vielleicht hatte Matthias gehofft, das Seminar bei Theresa könne ihre Beziehung noch einmal retten. Doch das gemeinsame Projekt hat keine Zukunft. In der Lebensmitte haben sich zwei Wege gekreuzt, und einer der beiden entscheidet sich, den gemeinsamen Weg wieder zu verlassen. Die Lebensmitte: ein theoretischer Zeitraum, der sich an ‚normalen‘ Entwicklungsverläufen bemisst … Alles kann durcheinandergeraten, das Erwachsenwerden kann unvollständig bleiben, die Ausbildung kann unvollständig bleiben, sich schier unendlich in die Länge ziehen oder sich multiplizieren, die Partnersuche kann ohne dauerhaftes Ergebnis bleiben, die Familiengründung ausbleiben oder die Familie kann zertrennt werden, der Berufsausstieg kann sich scheinbar unendlich ausdehnen oder abrupt verkürzt werden, zum Beispiel durch Krankheit, das Alter kann sehr früh beginnen … Mit fünfzig wirken manche Menschen schon alt und verbraucht, andere noch jugendlich. Eine Normalität existiert, aber nur als Fiktion, und somit würde man Matthias und Birgit natürlich unrecht tun, würde man sie an der Normalität einer fiktiven Lebensmitte messen. Einer wird zurückbleiben und einer wird weitergehen. Er wird zurückbleiben, sie wird weitergehen.)

Samstag, 16. Mai. Das Wochenende verspricht Sonnenschein pur und frühsommerliche Temperaturen.

Am frühen Morgen ist ein Kran erschienen und hat Francescos Strandkiosk hingestellt. Eine angenehme Überraschung, damit beginnt nun auch offiziell die Strandsaison. Francesco betreibt die Strandbar zusammen mit seiner Frau und dem kleinen schnauzbärtigen Männlein und dessen Frau, er hat eine Küche, einen Gastraum im Innen- und eine Strandbar im Außenbereich, außerdem vermietet er Strandliegen. Die Hotelgäste können umsonst eine Liege benutzen, aber nur ab der zweiten Reihe, die erste ist für die zahlenden Gäste reserviert. Francesco hat mit seinen Leuten auch den Strand vollständig gesäubert, die ersten Hartgesottenen trauen sich ins noch kalte Wasser, darunter Matthias und Ralf, beide gute Schwimmer.

Thomas hat sich nun mit Martina geeinigt, dass sie sich täglich abwechseln beim Seminar, so wird auch er mit der Gruppe zusammenwachsen, der Römer hat ihn überzeugt. Am heutigen Samstag ist kein Seminar, der Tag ist zur freien Verfügung, morgen, Sonntag, ist vormittags Programm.

Gestern ging es um das Thema ‚freier Wille‘. Pirmin hat die Liege neben Thomas belegt und beginnt das Gespräch:

-       Was denkst du denn über den freien Willen?

-       Schwierige Frage. Mir scheint, so frei wie Theresa es darstellt, sind wir in unseren Entscheidungen nicht. Wenn ich so an mein Leben denke … Was meinst du, Simon?

Simon hat die Liege auf Thomas anderen Seite belegt. Er hat zugehört und setzt sich nun auf den Rand der Liege, um sich besser am Gespräch beteiligen zu können.

-       Wir sind völlig frei in unseren Entscheidungen. Nur dürfen sich unsre Entscheidungen nicht gegen die natürliche Ordnung richten, sonst müssen wir die Konsequenzen tragen.

-       Nenn mal ein Beispiel.

-       Wenn ich morgen meinen Job kündige, weil er mich langweilt, und mir nicht schleunigst eine neue Arbeit suche, sondern auf der faulen Haut liege und von Sozialhilfe lebe, dann entwickele ich mich nach unten.

-       Also besteht mein freier Wille nur darin, mich richtig oder falsch zu entscheiden.

-       Genau.

-       Dann sprechen wir eigentlich nicht vom freien Willen, sondern von einer freien Entscheidung.

-       Könnte man so sagen. Aber die Bezeichnung freier Wille hat sich nun mal eingebürgert.

Pirmin mischt sich ein:

- Also geht es nur darum, zu erkennen, was richtig ist. Und wenn ich das erkannt habe, dann ist die Entscheidung auch schon gefallen. Stimmts?
- Ja, eigentlich bleibt vom freien Willen nicht mehr viel übrig. Man muss nur den Willen haben, das richtige zu tun.

Simon ergänzt:

- Und das geht den ganzen Tag über so. Wir müssen uns ununterbrochen entscheiden. Fängt schon frühmorgens an: Bleib ich noch ein wenig im Bett, wenn der Wecker klingelt oder steh ich auf. Lass ich mich von Musik, Fernsehen oder irgendwas berieseln oder konzentrier ich mich auf meine Aufgaben. „Tagesschule" nennt sie das.

Wieder fügt sich ein Baustein in das Gebäude, das gerade dabei ist, in Thomas Kopf zu entstehen. Allerdings, die Fragen, die ihn eigentlich interessieren, gehen noch darüber hinaus, weit darüber hinaus.

Wenig später, als Simon seine Liege verlassen hat, wendet sich Pirmin noch einmal – in verschwörerischem Flüsterton – an Thomas:

- Glaubst du, das ist Esoterik ... das mit der natürlichen Ordnung? Im Seminar ist ja auch von der Ordnung des Universums die Rede.
- Die Dinge haben eine spirituelle Dimension, klar. Aber wenn man sie mit eigenen konkreten Erfahrungen im Alltag

verbinden kann, dann würde ich sie nicht als Esoterik bezeichnen. Ich vermute allerdings, es gibt genug Leute, die mit „natürlicher Ordnung" oder „Ordnung des Universums" ihre Schwierigkeiten haben und sofort alles als Esoterik abtun würden, was sich nicht naturwissenschaftlich erklären lässt. Pirmin scheint sich damit zufrieden zu geben.

Francescos Pavillon kommt langsam in Schwung. Boote landen am diesem Wochenende Touristen an, die sich mittags auf seiner Terrasse niederlassen, um zu schlemmen. Die Hotelgäste hingegen trinken höchstens mal einen Kaffee oder gönnen sich einen Obstsnack. Theresas Seminaristen meiden den Kaffee, es heißt, er behindere die Intuition. Diesbezüglich ist Thomas ein Abweichler, am frühen Nachmittag gönnt er sich einen Espresso und hat dabei den Eindruck, dass dieser seine Intuition eher beflügelt.

Sonntag, 17. Mai. Am Morgen macht das Gerücht die Runde, in der nahelegenen *Cavarossa*-Therme habe es Vandalismus gegeben. Ein Besuch dieser Therme gehört laut Theresa eigentlich zum Muss eines Inselseminars. Das muss jetzt wohl entfallen. Eine Männergruppe, bestehend aus Simon, Ralf, Matthias und Kilian, beschließt, am Nachmittag eine Exkursion zur Therme zu unternehmen, um zu schauen, wie groß die Schäden sind und ob eine Nutzung nicht doch irgendwie möglich ist. Thomas schließt sich ihnen an.

Sie begeben sich zum Felsvorsprung, der den langen Strand in zwei Hälften teilt, und biegen kurz vorher in die Schlucht ein, die zur Therme führt. Es geht über einen unbefestigten Weg bis zu einer Stelle, an der der Hauptweg endet und nur noch ein schmaler Nebenweg ein Stück weit nach oben führt. Auf halber Höhe versperrt ihnen ein Zaun vor einem verlassenen flachen Gebäude den Weg. Der Zaun hat aber bereits ein größeres Loch, durch das man – wenn man das Hinweisschild der Gemeinde „Privat – kein Zugang ohne spezielle Erlaubnis der Gemeinde" ignoriert – ohne große Mühe weiterkommt. Sie klettern also einer nach dem anderen durch die Öffnung im Zaun und stehen bald darauf vor einem wüsten Anblick. Die Therme ist völlig verlassen. Es gibt Badenischen, die schon vor zweitausend Jahren hier in den Fels gehauen wurden, am Ende der Anlage befindet sich sogar eine Natursauna. Das alles wirkt jetzt grau und verödet. Als sie in die Nischen hineinschauen, empfängt sie stellenweise ein ekelhafter Gestank. Die Vandalen haben einige der Vertiefungen, die man für die Bäder nutzt, als Klosett missbraucht. Auf den Wänden haben sie obszöne Schmierereien hinterlassen.

-   Wer kommt auf solche Ideen? fragt Matthias, mehr zu sich selbst.

-   Keine Ahnung, aber die Gemeinde hätte es nicht so weit kommen lassen dürfen.

-   Es heißt, sie habe keinen Investor gefunden.

-   Aber das ist doch nationales Kulturgut. Da muss doch die Regionalregierung einschreiten …

-   Wenn man in Italien alles, was von früher übriggeblieben ist, als nationales Kulturgut bezeichnen würde, bliebe kein Geld mehr für was anderes. Die haben hier einfach so viel …

-   Stimmt auch wieder. Aber das, was wir hier gerade sehen, ist eine Schande. Irgendjemand muss das doch in die Hand nehmen …

Die Stimmung an diesem Ort ist bedrückend, und so kehren sie bald wieder um. In der Tat, der Ort ist geschändet worden, das geht über eine finanzielle Mangellage und Vernachlässigung hinaus. Das können auch keine Einheimischen gewesen sein. Die Einheimischen wissen genau, welchen historischen Schatz man hier verwaltet. Aber die Leute hier sind großzügig, und sie sind gutmütig, leben und leben lassen, jeder darf bleiben, egal wie er aussieht oder wo er herkommt, bloß: An die allgemein gültigen Regeln des Zusammenlebens sollten sie sich schon halten. Vandalismus in einer römischen Therme … Da ist etwas ins Rutschen gekommen, da scheint etwas aus den Fugen zu geraten.

Doch was hat das mit ihnen zu tun? Warum werden sie daran gehindert, diese Therme zu nutzen? Haben sie sich zu sehr darauf verlassen, dass immer alles vorhanden ist und funktioniert?

Die Rückkehr entschädigt sie mit einem herrlich blauen Himmel. Keine Wolke ist zu sehen, als sie am Strand vor dem Hotel wieder auf einige Hotelgäste stoßen. Eine Frauengruppe einschließlich Theresas hat sich derweil in die andere Richtung begeben, zum *Poseidon*-Bad, das anders als die *Cavarossa*-Therme nicht in einer Schlucht liegt und dort schon von den Römern angelegt wurde, sondern zu einem Hotel am Strand gehört. Es besitzt einen Badebereich, den man gegen Entgelt auch als Nichthotelgast nutzen kann, das Wasser wird wegen seines Eisengehalts sehr geschätzt. Die Frauengruppe wird erst zum Abendessen wieder zurückkehren.

Das Rumsitzen am Strand erzeugt in Thomas eine zunehmende Leere … das ungute Gefühl, seine Zeit zu vergeuden. Er ist einfach kein Mensch, der stundenlang auf einer Strandliege verbringen und das Meer anschauen kann … oder in einem Thermalbecken oder in einer Sauna herumsitzen. Zu stark ist das Bedürfnis, einer konkreten Aufgabe nachzugehen, nach Möglichkeit kreativ zu sein … Andererseits, seine Kräfte nicht zu überspannen, sich Ruhephasen zu gönnen, das gehört auch dazu. Doch reichen zum Ausruhen nicht zwei, drei Tage … die Dauer eines Wochenendes? Gibt es hier eine Aufgabe für ihn? Oder ist das hier wie ein Kuraufenthalt, dem man sich ganz hingeben muss, damit er gelingt?

Montag, 18. Mai. Für heute Abend haben sie mit Andrej einen Goetheabend vereinbart. Er hat ihnen angeboten, Goethezitate vorzutragen, aber außer Martina und Thomas scheint sich niemand dafür zu interessieren. Sie verzichten darauf, Theresa einzubeziehen, sie hält Andrej auf Distanz, wie sich bei Tisch gezeigt hat. Ist da eine versteckte Rivalität im Spiel? Martina weißt von Andrej, dass Theresa und er sich schon sehr lange kennen, Andrej gehört zu den ganz alten Hasen, hat Theresas Anfänge miterlebt, dennoch akzeptiert sie ihn nicht auf Augenhöhe. Weiß er vielleicht Dinge, von denen sie nicht möchte, dass sie jedermann kennt? Vielleicht wird man das nie erfahren. Auf alle Fälle scheint sich Andrej in Goethes Werk bestens auszukennen und stellt Verbindungen zu genau den Inhalten her, die auch Theresa lehrt.

So sitzen sie nach dem Abendessen fast verschwörerisch im Seminarraum und lauschen Andrejs Vortrag. Er hat verschiedene

Goetheschriften dabei, völlig zerlesen, mit Anmerkungen und Zetteln, die auf bestimmte Stellen verweisen, liest diese und jene Verse vor und kommentiert sie aus heutiger Sicht. Der Faust ist Thomas seit seiner Schulzeit unverdaulich geblieben, mehrere Versuche, sich hineinzulesen, hineinzuhören, sind in den Anfängen steckengeblieben ... statt deutscher Dramenkathedrale eher ein Bildungsbunker, der wie nutzlos geworden herumliegt und längst Moos angesetzt hat. Andrej bemüht sich, das Überzeitliche herauszuarbeiten: Fausts unstillbares, jedoch vergebliches Ringen um Wahrheit durch Wissenschaft, seine Sehnsucht nach sinnlichem Erleben, seine Sehnsucht nach Liebe ... Thomas kann eine gewisse Ergriffenheit nicht leugnen.

Als sie fast zum Ende gekommen sind, bemerkt Thomas den Römer an der Tür. Warum entdeckt er ihn erst jetzt? Er ist sich sicher, dass der andere schon eine ganze Weile zugehört hat. Thomas ist zwar überrascht, ihn hier zu sehen, aber irgendwie auch wieder nicht. Ist er denn der Einzige, der ihn bemerkt hat? Die anderen scheinen ihn gar nicht wahrzunehmen, er scheint für sie unsichtbar zu sein. Er nickt Thomas zu, so als ob er ihm damit sagen wolle, dass es richtig ist, Andrejs Vortrag zu würdigen. Wer um Himmels Willen ist dieser Mann? Warum taucht er immer wieder auf?

So langsam wundert man sich über gar nichts mehr.

Dienstag, 19. Mai. Lisa macht Werbung für einen gemütlichen Abend. Er soll morgen, Mittwoch, nach dem Abendessen in Francescos Pavillon stattfinden. Heute Morgen referiert Theresa über das Thema, das Thomas am meisten interessiert: Was ist die Seele?

Ein seltsames Wort. (Man benutzt es meist in Bildern: ‚die russische Seele‘, ‚ein seelenloser Ort‘, jemand singt ‚wie beseelt‘). Insgeheim hofft man, dass es, vielleicht, eine Seele gibt, die nach dem Tode weiterlebt. Normalerweise redet man darüber nicht … Aber wie schon gesagt, man redet auch nicht über Gott. Und wer betet schon noch? Als Thomas ein Kind war, beteten sie noch am Tisch vor jedem Essen, seine Mutter sagte mal: „Wir fallen doch nicht wie Tiere über das Essen her“. Das hatte ihm eingeleuchtet. Also beteten sie vor dem Essen, damit sie nicht wie Tiere über das Essen herfielen. Später beteten seine Eltern nur noch leise. Jeder für sich.

Theresa erklärt das mit Gott und den Seelen etwas anders, als Thomas es kennt. Genauer gesagt: Sie erklärt es überhaupt. Demnach seien alle Seelen Gottes Schöpfung, und die Menschen seien auf der Erde, um ihre Seele weiterzuentwickeln und Gott bei der Entwicklung der anderen Seelen zu helfen. Gott wiederum weise sie auf diese Aufgabe hin, und zwar durch die Intuition. Diese sei so etwas wie der Kommunikationskanal mit Gott.

Thomas vermutet, dass dies Dinge sind, um die manche hier im Seminarraum bisher einen weiten Bogen gemacht haben. Man könnte eine Stecknadel fallen hören, als Theresa davon spricht. Den Erfahrenen, Simon und Magdalena, Ralf und Inga, sieht man an, dass sie Theresas Ausführungen zu Gott und den Seelen schon kennen, sie verziehen keine Miene, doch sie hören aufmerksam zu. Pirmin hingegen ist kreidebleich. Er schreibt mit und ist dadurch nicht genötigt, irgend jemanden anzuschauen. Man sieht, dass es heftig in ihm arbeitet. Auch Thomas hat sich wie eine Schnecke in sich selbst zurückgezogen und stellt mit niemandem Blickkontakt her. Er schwitzt unter den Achselhöhlen. Natürlich weiß keiner, was der andere denkt.

Mittwoch, 20. Mai. Thomas hat heute Morgen zufällig ein Gespräch zwischen dem kleinen Schnauzbärtigen und der Putzfrau belauscht. Er kommt mit dem Besen, um den Schwimmbadbereich zu fegen, sie lehnt an der Tür.

- Was machst denn du für ein Gesicht?
- Ich hab zu tun … muss den Platz fegen.
- Spricht man denn nicht mehr miteinander?

Er nähert sich ihr schmunzelnd.

- Guten Morgen, du kleine Maus. Aber du weißt doch, dass ich verheiratet bin.
- Ich bin auch verheiratet. Das macht doch nichts.

Thomas sieht, wie sie sich einander genähert haben, bis sie sich fast berühren und dabei schelmisch angrinsen.

- Ach, mach doch deine Arbeit.
- Du auch.

Dann geht jeder wieder seiner Arbeit nach.

Nichts von dem Gespräch ist ernst gemeint. Sie hat nichts mit ihm, er nichts mit ihr. Nur ein Spaß, den sich die beiden machen. Sie wirken dabei eingespielt, sind ganz im Hier und Jetzt.

Für viele Menschen scheint es kein Problem zu sein, das Leben einfach so zu leben … bis es dann irgendwann zu Ende ist. Sie vergnügen sich mit kleinen Späßen. Für andere gibt es einen inneren Zwang, kreativ zu sein, etwas zu erschaffen, eine schöpferische Aufgabe zu erfüllen. Thomas kennt allerdings mehr Menschen, deren Alltag sich darin erschöpft, die alltäglichen Dinge abzuarbeiten … die Fahrt zur Arbeitsstelle, Erledigung der beruflichen Pflichten, am Abend Entspannung, Fernsehen, Zeitung lesen oder irgendetwas anderes. Was ist mit den Rentnern, die er kennt: dreimal am Tag essen, dazwischen Kaffee, die Wohnung reinhalten, die Wäsche erledigen, lesen, spazieren gehen, den Hund ausführen, abends fernsehen? Beunruhigt es nicht, zu sehen, wie die Jahre einfach so zerfließen, sich an nichts, wirklich nichts zu verzehren, immer im Warmen zu sitzen, keine Risiken einzugehen? Schneckenhausdasein. Und auch wenn dann die letzte Stunde kommt und sie vor den Schöpfer treten, scheinen viele damit kein Problem zu haben.

Die Teilnehmer dieses Seminars sind über das Stadium des Schneckenhausdaseins hinaus, Thomas vermutet es. Sie sind Suchende, nur auf unterschiedlichen Abschnitten des Weges. Manche begegnen sich auf dem Weg, manche bleiben allein. Wer einmal auf dem Weg ist, kann allerdings nicht mehr zurück ins Schneckenhaus, er wird – den Gefahren des Weges, den Unbilden des Wetters ausgesetzt – für immer weitersuchen, für immer in Unruhe sein. Was meint Nietzsche mit: Gefährlich leben? Heißt es, den Alltag aufzubrechen, Routinen zu zerstören, Risiken einzugehen? Gibt es einen Lohn für diese Mühen? Christen sprechen vom ewigen Leben …

Am Abend haben sie sich in Francescos Pavillon verabredet. Lisa hat den Pavillon organisiert, es gibt kein festes Programm, eine Gitarre soll dabei sein. Theresa bleibt dem Abend fern, sie achtet auf ihre Regeneration … und auf Distanz. Sich unters Volk zu mischen, ist nicht ihre Sache. Dennoch, diesen Abend ohne sie begehen ist schon etwas seltsam.

Die Stimmung ist zunächst gedämpft, heitert sich jedoch nach und nach auf, man erzählt sich lustige Begebenheiten aus dem Alltag, man singt Lieder, die alle kennen, die Beatles, Bob Dylan, Lisa spielt die Gitarre. Aber es hat bei weitem nicht die eingespielte Ausgelassenheit des Schnauzbärtigen und der Putzfrau. Vermutlich sind zehn gemeinsam verbrachte Tage nicht genug, damit sich eingespielte Ausgelassenheit einstellt.

Als Erster verabschiedete sich Pirmin, er sagte er sei müde, dann Thomas und Martina.

Donnerstag, 21. Mai. Das Wetter ist umgeschlagen. Heute Morgen ist der Himmel zum ersten Mal grau und verhangen. Kalt ist es zwar nicht mehr geworden, aber Wind ist aufgekommen, und er wird von Stunde zu Stunde stärker. Er wirbelt den Sand auf, der durch alle Kleideröffnungen dringt. Alle bleiben im Haus, es ist ungemütlich draußen.

Sie liegen auf den Betten und lesen, und wer keine Lektüre dabeihat, geht in die Therme, spaziert im Hotel herum oder steht einfach im Speisesaal am Fenster und kommentiert das Spektakel draußen. Ralf, der Sportliche, scheint der Einzige zu sein, der sich rausgewagt hat und jetzt mit einem Tuch vor dem Mund von einer Tour zurückkommt. Er steht immer ganz früh auf, wandert über die Insel und kommt dann gerade noch rechtzeitig zurück, bevor das Frühstück abgeräumt wird. Viel später sollte es auch nicht werden, das Seminar beginnt um halb zehn. Für diejenigen, die nicht am Seminar teilnehmen, darunter Thomas und seine Töchter, bedeutet es: kein Schritt mehr vor die Tür, der Wind wird immer stärker und die Sicht immer schlechter. Jemand will sogar gehört haben, ein größeres Schiff befinde sich da draußen in Seenot. Dies bleibt allerdings ein Gerücht.

Nach dem Seminar – es ist schon kurz vor eins, das heißt kurz vor dem Mittagessen – sehen sie draußen plötzlich eine mit einem Schal vermummte Gestalt. Wie ein Geist taucht sie im Sandsturm auf, wie aus dem Nichts, und betritt unten das Haus: Hildegard. Sie hat sich allein draußen herumgetrieben, und es mutet gespenstig an, wie sie in Tücher gehüllt plötzlich aus dem Sandsturm auftaucht. Was hat sie da draußen gesucht?

Am Abend wird der Sturm stärker. Man hört sein Heulen, man hört das aufgewühlte Meer, man hört das Klappern der Fensterläden und Dachziegel.

Johanna, die Kaufhausmitarbeiterin aus Bregenz, steht mit Ralf, Inga und Lia in einer Gruppe zusammen, die vier Österreicher unter den Seminarteilnehmern. Thomas nähert sich ihnen zwanglos zusammen mit Pirmin, den er auf der Treppe getroffen hat. Der Körpersprache der vier ist nicht zu entnehmen, dass sie eine geschlossene Gesellschaft bilden.

-       Habt's ihr gestern au die Chemtrails gsähe? Also, für mi is dös klar, dass die 's Wetter beeinflusset. Dieser Sandsturm is net normal.

Ralf lächelt vielsagend, es kann genauso gut Zustimmung wie auch Ablehnung bedeuten.

-       Bevor i losgefahre bin, waren bei uns au die SHAEF-Fahrzeuge überall unterwegs. Also wenn ihr mi fragt: Es spitzt sich zu, es ist bald so weit. Mia könnet no von Glück sagen, wenn mia vorher heil wieder zu Hause sind.

Ralf hakt nach.

- Ja, was meinst du denn konkret?
- I mein, dass das Militär übernehma wird. Erstmal wird alles abgeschaltet, Fernsehen, Radio etc., die Regierung wird verhaftet, dann kommet ganz naie Lait.
- Und wer soll das sein?
- Alle die, die sich seit Jahren zurückgezogen und sich auf den Tag X vorbereitet homm.

Mehr gibt sie nicht preis. Eine perfekte Verschwörungstheorie. Wo hat sie das her, wie kommt sie darauf? Keiner in der Runde geht weiter auf sie ein, und Ralf wechselt das Thema. Er greift das Seminarthema vom Vormittag auf, den kulturgeschichtlichen Überblick von den alten Hochkulturen bis zum Heute. Theresas Seminare enden immer mit einem Ausblick auf die großen Linien von Kultur und Geschichte und Fragen zu aktuellen Entwicklungen. Vielleicht hat dies Johanna angeregt, ihre Verschwörungstheorie zu verkünden. Wie groß deren Unzufriedenheit sein muss …

Pirmin hat die ganze Zeit am Rande zugehört, aber nichts gesagt. Später unterhalten er und Thomas sich noch einmal über das Krankheitsthema, hier fühlt er sich wohler als bei der Politik.

- Wenn ich also morgen grauen Star bekomme, dann heißt das, das ich nicht zum Augenarzt gehe und mir die Linse lasern lasse, sondern mich frage, wie ich die Sicht auf mein Leben verbessern kann.
- So hab ich das verstanden.
- Aber wo hab ich denn eine falsche Sicht?
- Das kannst nur du selber wissen.

Er denkt nach.

- Vielleicht sehe ich tatsächlich manches zu negativ. Ich gebs ja zu, ich bin ein Sorgenmacher. Vielleicht ist es auch meine Sturheit ... man wird unflexibel und hält immer an seiner Sicht der Dinge fest.
- Das kenn ich von mir. Der nächste Kandidat für den grauen Star bin ich selbst. Ich möchte da an mir arbeiten.
- Ich auch. Ist aber leichter gesagt als getan.
- Kennst du den Goethe-Spruch: Wer immer strebend sich bemüht, den können wir erlösen. Hab ich gerade am Montagabend noch von jemandem gehört.

Freitag, 22. Mai. In der Nacht ist der Sturm in Regen übergegangen, und am Morgen sehen sie aus den Fenstern, dass sich der Weg vom Hotel zum Meer in einen einzigen Sturzbach verwandelt hat. Keiner setzt auch nur einen Fuß vor die Tür. Am Nachmittag herrscht im Speisesaal eine drückende Atmosphäre. Die Seminarteilnehmer sitzen oder stehen in Gruppen herum und diskutieren. Hildegard hat im Nebenraum eine kleine Gruppe um sich geschart, Pirmin, Andrej, Simon und Magdalena, und spricht über Opern, ihr großes Thema. Auf ihrem Handy hat sie mehrere Opern gespeichert, die sie bei Bedarf abspielen kann. Thomas geht herum und hört den Gesprächen zu. Von Martina weiß er, dass Kilian gerade eine Konsultation bei Theresa nimmt. Lisa führt das Protokoll.

Johannas Stimme ist wieder in der Gruppe der Österreicher zu vernehmen.

- Jo glaubt's ihr wirklich, dass dös noch lange so weiter gehen kann. Die Zuspitzung is doch mit Händen zu greifen.

Was genau meint sie eigentlich? Die Finanzkrise? Den Krieg in Syrien und die anschwellende Migration? Die Politik scheint sie ganz in ihren Bann gezogen zu haben.

Martina sitzt mit Matthias und Birgit an einem Tisch. Hier geht es um das Thema der Konzentration. Laut Theresa sind Konzentrationsübungen das A und O, um die Intuition zu schulen. Sie empfiehlt, morgens schon beim Zähneputzen damit zu beginnen und sich fünf Minuten lang ganz auf das Führen der Zahnbürste zu konzentrieren und an nichts anderes zu denken. Matthias hält das Beispiel aber für albern und meint, genau dies halte ihn davon ab, sich zu konzentrieren. Martina bringt Gott ins Spiel: Konzentration sei ein Weg, in den Dialog mit Gott einzutreten. Birgit ergänzt:

- Ich bin in der DDR aufgewachsen, da hat man die Existenz Gottes komplett geleugnet.

Sie macht eine kleine Pause und fährt dann fort:

- Mir helfen diese Übungen, so kann ich mich bereits am Morgen direkt nach dem Aufstehen auf das Wesentliche konzentrieren.
- Was ist denn für Dich das Wesentliche? fragt Martina nach.
- Na, meine persönliche Weiterentwicklung.
- Weiterentwicklung ja ... aber mit welchem Ziel?

Weiterentwicklung als Selbstzweck? fragt sich Thomas. Wo ist Gott?

Im Nebenraum doziert Hildegard. Vergessen ist die seltsame Erscheinung vom Vortag, als sie wie ein Geist aus dem Sandsturm auftauchte. Jetzt sitzt sie wie aus dem Ei gepellt in der kleinen Runde und ist in ihrem Element.

- Der Mozart hat sich verzehrt, wie eine Kerze, die man an beiden Enden angezündet hat. Er war eine Seele, die die Grenzen des Körpers missachtete, wie viele andere große Persönlichkeiten auch. Schubert, Beethoven, allen ging das so.

Was ist denn das jetzt? ... Eine Konkurrenzveranstaltung zu Theresa? Hildegard hat doch gar keinen Auftrag, Theresas Leute zu unterrichten. Sie tut es einfach. Hat sie das mit Theresa abgesprochen?

Mitten am Nachmittag kommt Pirmin plötzlich in den Speisesaal und winkt Thomas zu sich. Er geht mit ihm nach draußen.

- Ich muss Dir was sagen. Ich reise ab.
Thomas ist völlig überrascht.

- Aber warum denn? Morgen ist doch sowieso der letzte Seminartag.
- Ich halte es nicht mehr aus. Ich muss hier weg. Hast du mitbekommen, dass Hildegard von Wiedergeburt faselt und dass sie schon mal früher auf der Erde war? Es würde mich

nicht wundern, wenn Johanna morgen kommt und sagt, sie sei schon mal wer weiß wer gewesen.

Thomas muss schmunzeln. Jetzt kann er sich seinen Teil denken. Er macht aber noch einen Versuch, Pirmin umzustimmen.

- Denk doch an den Regen. Wie willst du zur Fähre kommen?
- Hab ich schon geregelt. Ein Taxi holt mich am Strand ab. Außerdem hat der Regen schon nachgelassen. Ich krieg noch die Fähre um fünf. Der Flug geht um halb neun, ich konnte umbuchen. Hab vorhin mit Theresa gesprochen. Sie ist nicht erfreut, akzeptiert aber meine Entscheidung …
Ich möchte mich auch noch von Dir und nur von Dir verabschieden, weil du der einzige hier bist, mit dem ich über meine Zweifel sprechen konnte.

Er reist tatsächlich ab … Thomas ist entsetzt. Sie sind sich in den zehn Tagen nähergekommen. Aber Johanna hat ihn mit ihren Verschwörungstheorien zutiefst erschreckt. Warum lässt er das so nahe an sich heran? Auch das mit der Erschaffung der Seelen, Gott und dem Universum, dann die Themen seelische Weiterentwicklung, Wiedergeburt und ewiges Leben … Das hat ihn, der offenbar traditionelle Orientierungen hat, tief verunsichert. Pirmins Leben ist in ruhigen Bahnen verlaufen. Er hat als stellvertretender Schulleiter Verantwortung getragen und ist stolz auf das Erreichte. Dennoch, Pirmin spürt, dass das Altern auch ihm Sorgen bereitet, die er nicht verdrängen kann. Könnte ihm das Seminar auf der Insel nicht neue Perspektiven eröffnen? Er hatte sich das erhofft. Im Moment überfordert es ihn.

Thomas und Pirmin verabschieden sich und tauschen die Adressen aus. Thomas bleibt in Gedanken zurück. Kaum zu fassen, dass Pirmin heute Abend nicht mehr dabei sein wird.

Am nächsten Morgen scheint die Sonne wieder, als sei nichts gewesen. Das Thermometer steigt rasch auf über zwanzig Grad, der Weg zum Strand ist bereits getrocknet. Das Meer liegt ruhig da, und auf seiner Oberfläche kräuseln sich kleine, glitzernde und völlig regelmäßige Wellen. Unglaublich, nach den beiden aufgewühlten Tagen wirkt jetzt alles friedlich.

Es ist der letzte Seminartag, das Sonntagsseminar wurde vorverlegt, damit alle, die wollen oder müssen, nach dem Mittagessen abreisen können. Der Morgen ist allgemeinen Fragen zu den Seminarinhalten gewidmet. Pirmins überraschende Abreise sorgt für Gespräche.

Die meisten Fragen kreisen um das Thema der seelischen Ursachen von Krankheiten. Fast alle haben auch irgendeine körperliche Schwäche, eine Sehschwäche, eine beginnende Arthrose, hohen Blutdruck, und alle sind natürlich neugierig, wie sie diese seelisch bearbeiten können. Theresa beantwortet alle Fragen geduldig.

Am Nachmittag breitet sich eine seltsame, fast beklemmende Ruhe aus. Die meisten Hotelgäste sind bereits abgereist, neue sind noch nicht angekommen, und auf Francescos Terrasse sitzen Thomas und Martina mit Simon und Magdalena. Die Mädchen spielen am Strand, Theresa liegt neben Lisa auf einer Strandliege. Thomas und seine Familie reisen erst morgen früh ab.

Was ist nun das Geheimnis dieses Seminars? Alle suchen nach der Ordnung der Dinge (um den Titel eines philosophischen Werkes aufzugreifen). Aber eben nicht im wissenschaftlichen Sinne, sondern im Sinne universeller Gesetze, in denen auch Krankheit und Tod und ja, auch das ewige Leben erklärbar werden. Eine Ordnung der Dinge, die zu einer Lebenshilfe werden könnte, theoretisch wie praktisch. Genau das ist Theresas Leistung, und dafür kommen die Menschen zu ihr.

Und was ist das Geheimnis dieses Ortes? Alberto, Francescas Ehemann und Gabriellas und Francescos Vater, hat das Hotel gebaut, und er erzählt auch gerne selbst die Geschichte. In den Sechzigern hatte er die Insel auf der Suche nach Arbeit verlassen und war nach Australien gegangen. Dort war er durch einen Lottogewinn zu Vermögen gekommen, später kehrte er wieder auf die Insel zurück. Er lernte einen älteren Amerikaner kennen, der Anfang der Siebziger begann, sich regelmäßig auf der Insel aufzuhalten und ihm riet, ein Stück Land am Eingang zur Schlucht zu kaufen und ein Familienhotel genau an diese Stelle zu bauen. Der Amerikaner bot Kurse an, ähnlich wie Theresa, und brachte immer mehr Leute ins Hotel. Er brachte Gabriella auch das Kochen für die gewünschte vegetarische Diät bei. Das Hotel lief immer besser, im Frühjahr und Spätsommer kamen die Kursteilnehmer aus den deutschsprachigen Ländern, im Juli und August Einheimische aus den Städten am nahen Festland. Alberto legte einen riesigen Garten für Obst und Gemüse an, Francesco bekam seinen Pavillon. Als der Amerikaner nicht mehr kam, kam Theresa mit ihren Leuten. Der Ort selbst hat kein Geheimnis. Es ist die Persönlichkeit Theresas, die ihm den Zauber verleiht. Ohne Theresa und ihre Seminare gibt es auf der Insel zwar Gesundheit, aber keinen Zauber.

Noch einmal muss Thomas an den Römer denken. Er könnte im Nachhinein nicht mehr bezeugen, ihm tatsächlich leiblich in der Therme begegnet zu sein. Gibt es ihn überhaupt, oder gibt es ihn nur in seiner Einbildung? War er eine Art Vision, die ihm erschien, als er sie brauchte?

(Das wäre nicht ganz unplausibel, denn die Grenzen zwischen Traum und Wirklichkeit sind mitunter fließend. Wer kann schon von sich behaupten, immer im Hier und Jetzt zu sein? Ich kenne Menschen, die mühelos zwischen den Welten wandern, und wenn man sie anschaut, sieht man vielleicht ihren Körper, doch ihre Seele ist ganz woanders. Und umgekehrt: ist es vielleicht auch möglich, mit einer Seele zu kommunizieren, die physisch gar nicht anwesend ist …?)

Pfingsten

Sonntag, 24. Mai, Pfingsten. Auf seinem umgebauten Bauernhof bei Kempten schreibt Markus an seinem Text „Gesunder Schlaf als Voraussetzung für seelisches Gleichgewicht". Markus ist Schreinermeister, hat mehrere Seminare bei Theresa besucht und bereitet seinen Internetauftritt vor. Markus fertigt Möbel nach Maß an, ganz besondere Möbel, Möbel, die von eigenen Vorstellungen durchdrungen sind, nicht von den Vorstellungen der großen Möbelhäuser. Markus ist ein Künstler der Werkbank, kein Künstler der Feder. Doch Pfingsten inspiriert, sein Text liest sich (so findet er) wie vom Heiligen Geist selbst geschrieben:

Traumhafte Betten für Ihren perfekten Schlaf – Handgefertigt von Ihrem Möbelschreiner.

Willkommen bei Markus Reuter, Ihrem Spezialisten für maßgefertigte Betten. Bei uns steht nicht nur die handwerkliche Perfektion im Vordergrund, sondern auch Ihr Wohlbefinden. Ein guter Schlaf ist entscheidend für Ihre körperliche und seelische Gesundheit, und genau darauf sind unsere Betten ausgerichtet.

Warum ist guter Schlaf so wichtig? Ein erholsamer Schlaf ist das Fundament für ein gesundes Leben. Er beeinflusst nicht nur unsere Laune und Leistungsfähigkeit, sondern auch unsere körperliche und seelische Gesundheit. Während der nächtlichen Ruhephasen regeneriert sich unser Körper, das Immunsystem wird gestärkt, und unser Gehirn verarbeitet die Erlebnisse des Tages. Guter Schlaf ist daher essenziell für Ihre Regeneration und Ihr allgemeines Wohlbefinden.

...

Gönnen Sie sich den Luxus eines maßgefertigten Bettes und erleben Sie die Wohltat eines erholsamen Schlafes. Kontaktieren Sie uns noch heute und vereinbaren Sie einen Beratungstermin. Ihre Gesundheit und Ihr Wohlbefinden sind es wert!

Markus Reuter – Ihr Weg zu besserem Schlaf.

Schlaf ist kostbar – schlafen Sie gut.

Natürlich hat sich Markus auch bei der Konkurrenz umgesehen, hat deren Webseiten studiert und sich manche gelungene Formulierung gemerkt. Dennoch: der Text ist ihm aus der Feder geflossen, den hat er nicht selbst geschrieben. Markus muss schmunzeln, denn das mit Pfingsten und dem Heiligen Geist, der ihm den Text in die Feder diktiert, das hat schon etwas … Schließlich hat Markus schon zwei Seminare bei Theresa besucht, er glaubt nicht mehr an Zufälle, und schließlich war sie es, die ihn ermunterte, eine Schreinerlehre zu machen. Das ist jetzt schon fünfundzwanzig Jahre her. Es war mutig, die Landwirtschaft aufzugeben, sein Vater hatte alle Hoffnungen in ihn gesetzt, als einziges Kind, doch dann starb der Vater, die Mutter war schon länger tot, und Markus stand mit dem Hof und der vielen Arbeit alleine da, und er wollte ja auch noch etwas vom Leben haben. Es war eine schwere Entscheidung, alles zu verkaufen, die Tiere, das Land. Nur das Gebäude behielt er, schließlich war er hier aufgewachsen, und in dem Ort war er zu Hause. Verwandtschaft war auch noch da.

Holz hat ihn schon immer fasziniert. Er kannte den Schreiner gut, von ihm hatte sein Vater schon Möbel anfertigen lassen, auch die Türen und Fenster hatte er erneuert. Eher ein Freund des Vaters, der Oberdorfer. Der wunderte sich zwar, dass Markus mit Mitte zwanzig noch eine Lehre anfangen wollte, aber … „yo mai, warum net", das kann man ja verstehen, wenn der Markus plötzlich alleine dasteht und die Landwirtschaft aufgeben will, er wäre nicht der erste. Markus stellt sich geschickt an, in der Werkstatt, viel geschickter als der andere Lehrling, der ist erst fünfzehn, gar kein Vergleich. Und Markus hat ein Auge für das Holz, selbst der Oberdorfer muss da staunen. Markus sieht, welches Holz mit welcher Maserung besonders gut zu welchem Möbelstück passt. Er sieht sich auch die Umgebung an … Wo wohnen die Leute, wie wohnen sie, welche Ansprüche haben sie, welche finanziellen Mittel? Das kriegt er schnell raus, der Markus. Und wenn dann noch die geschickten Hände dazukommen, dann heißt es: „Yo mai, dän koschd ned aufhalde".

Schließlich macht er seinen Meister und eröffnet eine eigene Werkstatt. Sie kommen sich nicht in die Quere, der Oberdorfer und Markus, Markus bedient bald eine ganz andere Klientel, die Betuchten im Allgäu, die, die sich die teuren Betten leisten können, die Gesundheitsbewussten. Sie zahlen auch mal drei-, viertausend für ein Bett. Solche Preise nimmt der Oberdorfer nicht. Markus hat bald einen Namen. Nur mit einer Frau wird es nichts, Markus scheint keine Zeit mehr für anderes zu haben als seine Betten. Was später in ihnen geschieht, bleibt ihm fremd. Doch bei seinem zweiten Theresa-Seminar lernt er Sabine kennen. Das ist nicht mehr das Verliebtsein der Jugend, das passt nicht mehr, dennoch, die beiden verstehen sich. Sabine ist ein paar Jahre älter als Markus, hat zwei Kinder aus erster Ehe, und Markus hat eigentlich andere Pläne, heiraten würde er eine jüngere, mit der er eine Familie gründen könnte, doch Sabine übernimmt, sie kapert Markus, sie zieht einfach ein ... und Markus lässt es geschehen. Seitdem sind sie zusammen, drei Jahre schon.

Es ist Pfingsten, und vielleicht hat ihm der Heilige Geist ja tatsächlich den Text in die Feder diktiert, jedes Wort passt. Sabine telefoniert gerade mit ihrer Freundin Johanna, die sie auch bei einem Theresa-Seminar kennengelernt hat. Eine merkwürdige Person, diese Johanna, immer verschwörerisch aufgelegt, wie Sabine.

Es ist schon eine eigenartige Prozession, die sich da im Dorf abspielt. Mittendrin: ein festlich mit Blumen und Stroh geschmückter Ochse. Auch Markus läuft mit, er läuft immer bei den Prozessionen mit, sonst würde ihm etwas fehlen. Sabine ist kritisch.

- Diese Prozessionen, das ist doch Folklore, mehr nicht. Erklär mir mal den Sinn davon.

- Der Sinn ist die christliche Gemeinschaft. Das mit dem Ochsen ist uralt, ein Fruchtbarkeitssymbol, aber das

Entscheidende ist, dass das Dorf zusammenkommt. Wenigstens die, die noch an irgendwas glauben. Im Dorf hält man halt noch zusammen … Weil wir hier miteinander zurechtkommen müssen. Das müsstest du doch wissen.

- Ich komm vom Aussiedlerhof. Wir haben nie richtig dazugehört.

- Lag's vielleicht auch ein wenig an euch?

Sabine sagt nichts. Markus antwortet selbst auf seine Frage.

- Wahrscheinlich an beiden. Man muss halt aufeinander zugehen. Man muss sich integrieren wollen, weil man nun mal da ist und nicht woanders, und man muss die Leute integrieren, wenn sie nun mal da sind und bleiben wollen. Anders geht's nicht.

So hat eben jeder seine eigene Wahrheit.

Manchmal vergleicht Markus sich und die anderen mit Ameisen. Warum sind sie alle so emsig? Wer hat sie darauf programmiert? Der Schreiner produziert unentwegt Möbel, … die irgendwann wieder auf der Straße landen, oder in einem großen Container, wenn die Alten sterben und das Haus verkauft wird. Der Wissenschaftler häuft Wissen an, das später wieder vergessen wird, seine Bücher verstauben … und am Ende landen sie beim Altpapier. Vielleicht ist es gut, dass wir die Zukunft nicht kennen, vielleicht würden wir darüber verzweifeln.

Gelegentlich, selten, platzt selbst Markus der Kragen, wenn Sabine es zu weit treibt mit ihren Verschwörungstheorien. Warum diese ständige Beschäftigung mit der Vergangenheit, immer wieder und wieder, die einen reden nur über die deutsche Schuld, die anderen über Verschwörungen. Warum nicht den Blick nach vorne richten, auf ein gemeinsames, ein europäisches Projekt?

Auch Pirmin hat seine Pfingserfahrung: Als er wieder zu Hause ist, spürt er sofort, dass er einen Fehler gemacht hat, so Hals über Kopf abzureisen. Das Haus kommt ihm jetzt noch einsamer vor als vor seiner Fahrt auf die Insel. Genau genommen hatte er schon kurz nach dem Aufbruch erste Signale bekommen, dass er noch hätte bleiben sollen. Die Fährfahrt war ungemütlich, und um ein Haar hätte er den Flieger verpasst: *Overbooking.* Im allerletzten Moment hatten sie ihn noch reingelassen. Und ständig dieses ungute Gefühl, eine falsche Entscheidung getroffen zu haben. Alles düster und grau, auf der Fähre, im Flugzeug, bei der Ankunft in Stuttgart, bei der Zugfahrt nach Hause ins Hessische.

Er hat das Haus nach dem Tod seiner Frau behalten. Es ist ein altes Bauernhaus, nichts Besonderes, recht dunkel, wie alle alten Bauernhäuser, aber es hat ein ordentliches Grundstück und ein paar gemütliche Zimmer. Aus dem Schlafzimmer ist er ausgezogen, hat sein Bett ins Gästezimmer verlegt und dafür das frühere Schlafzimmer komplett mit Büchern zugestellt. Es ist dadurch zu einer Bibliothek geworden: die Bücher seiner Frau, die auch Lehrerin gewesen war, und seine eigenen, alles durcheinander, unentwirrbar, Romane, Biografien, Sachbücher, Kochbücher, Reiseführer, … alles voller Staubschichten. Als ihr Sohn auszog, war das Haus bereits viel zu groß für die beiden. Als sein Sohn Silvana kennenlernte, eine Chilenin, und mit ihr nach Chile zog, hätten sie schon reagieren müssen und das Haus verkaufen sollen, aber sie wollten den Platz für ihn und die Enkelkinder vorhalten, für die zu erwartenden Besuche im Sommer, wenn in Chile Winter ist. Aber es kamen keine Besuche im Sommer und auch keine im Winter, stattdessen flogen sie beide manchmal hin. Ihm war, als hätte er vor seiner Frau schon seinen Sohn verloren.

Als seine Frau starb, wäre endgültig die Zeit gekommen, das ganze Anwesen zu verkaufen. Aber wohin sollte er gehen? Nach Chile? Er hatte den Mut nicht mehr, zu viel hielt ihn an der Erinnerung fest, zu wenig versprach die Ferne. Also blieb er. Noch hatte er die Hoffnung, sein Sohn und dessen Frau könnten sich es noch einmal anders überlegen, vielleicht in Chile keine Zukunft mehr und dafür bessere Chancen in Deutschland sehen. Doch in Chile ging es für seinen Sohn bergauf, und in Deutschland hatte sich aus dessen Sicht vieles zum Schlechteren gewendet.

Und jetzt? Jetzt sitzt er allein in einem Haus voller Erinnerungen, in einer Kleinstadt, die ihm immer fremder wird, und in der auch die sozialen Kontakte immer schwieriger werden. In die Kirche geht er schon lange nicht mehr, genauso wenig wie zum Ortsverband der Partei (in den Zeiten von Helmut Schmidt war er eingetreten und aus lauter Trägheit nicht mehr ausgetreten, obwohl er sich das schon hundertmal vorgenommen hat, genau wie bei der Kirche. Irgendwann gehört beides dann zu einem, wie der alte Führerschein, der Lappen ... man hat ihn regelrecht vergessen).

Das Haus liegt etwas isoliert am Stadtrand, man muss immer das Auto nehmen, aber wer besucht ihn denn schon ... Manche Freunde sind bereits verstorben, andere krank und in Pflege. Pirmin fühlt sich noch recht fit. Das heißt, er hält sich fit, er joggt sogar, fährt Fahrrad, geht früh ins Bett und steht früh auf. Er kennt eine Frau Mitte sechzig, ehemalige Kollegin (Deutsch und Politik) einer Schule, an der er unterrichtet hatte, bevor er stellvertretender Schulleiter am hiesigen Gymnasium geworden war, die Kontakt zu ihm hält, ihn immer verehrt hat, weil er feinfühlig ist, doch sie hat sich ihm nie offenbart. Sie ist verheiratet, er war verheiratet, und erst nach dem Tod seiner Frau sind sie sich wieder begegnet. Sie hat daraufhin die Initiative ergriffen, ihn hin und wieder angerufen, ihm zu verstehen gegeben, dass sie schon seit Jahren getrennt von ihrem Mann lebt, kurz und gut, dass sie im Prinzip Zeit für ihn hat. Das wiederum ist ihm zwar nicht unlieb, denn er ist einsam, doch zu viel Nähe kann er auch nicht ertragen, dafür liegt der Tod seiner Frau noch nicht lange genug zurück. Er denkt an die fünfunddreißig Jahre Ehe: Ist da noch Raum für Neues, für eine Neue?

So telefonieren sie also oft, treffen sich gelegentlich und immer öfter, entdecken Gemeinsamkeiten und Differenzen, halten aber einen Sicherheitsabstand. Wie weit ist er bereit zu gehen? Vielleicht gibt es mehr zu verlieren als zu gewinnen ...

Gehört nicht zu echter Liebe auch die Trauer und die Einsamkeit, selbst wenn nach fünfunddreißig Jahren die Liebe vielleicht zur reinen Gewohnheit geworden ist? Doch es gibt Gewohnheiten und Gewohnheiten. Sie hatten sich die Liebe zur Gewohnheit gemacht. Seine Frau war ein schwieriger, jedoch immer liebender Mensch gewesen. Er war sich ihrer Liebe stets sicher gewesen. Und er selbst? Hatte er sie so geliebt wie sie ihn? Was weiß er eigentlich über sich selbst? Kann er sich selbst über den Weg trauen? Hat nicht die Trauer über ihren Weggang möglicherweise ebenso viel mit ihm selbst zu tun wie mit ihr. Ist ihr Weggang und die dadurch ausgelöste Trauer der Anfang eines Weges zu sich selbst … ? Hat er den Mut, diesen Weg zu gehen? Immerhin, er ist tatsächlich aufgebrochen, war in Theresas Seminar …

Pirmin macht sich einen Kaffee, setzt sich ans Fenster und denkt über das Seminar und die letzten zehn Tage nach. Das Telefon klingelt, Julia. Er hat schon vom Zug aus mit ihr telefoniert.

- Julia, was meinst du, was ist da schiefgelaufen?
- Sie denkt nach.
- Ich kann's dir nicht sagen. Nur du kannst es wissen. Wie kommst du darauf, es sei Esoterik?
- Ich hab dir doch gesagt, dass Hildegard sich für wer weiß wen hält und an Wiedergeburt glaubt.

-      Und wenn, was ist denn so schlimm daran? Wer hat dir das überhaupt erzählt?

-      Eine Österreicherin, die wie eine Rechtsextreme daherredet.

-      Glaubst du alles, was man dir erzählt?

Er weiß längst, dass die Auskunftsquelle nicht vertrauenswürdig war. Hat er diese letzte ‚Auskunft' nur als Alibi benutzt, um anderen Fragen auszuweichen? Ist der Esoterikvorwurf nur ein Scheinargument? Er selbst weiß: Er hat sich davongemacht … und behält nun das Gefühl im Bauch, die Dinge (mal wieder) nicht zu Ende gebracht zu haben. Das kennt er von sich, das ist ein Muster. So hat er es sein ganzes Leben lang gehalten, wenn es um ihn selbst ging. Bei anderen war er immer scharfsinnig, wusste die Dinge auf den Punkt zu bringen. Bei sich selbst schiebt er alles auf die lange Bank, übt sich im Selbstbetrug, bricht Kontakte ab. Dass ihn seine Frau trotz allem geliebt und ihm die Treue gehalten hatte …

Warum musste sie, die Wahrheitsliebende, vor ihm gehen? Wird die Wahrheitsliebe nicht belohnt? Oder hatte sie genug gelernt in diesem Leben, durfte sie deshalb vor ihm gehen? Das hieße im Umkehrschluss, dass er selbst noch nicht genug gelernt hat.

-      Wollen wir uns heute im Parkcafé treffen, so gegen vier?

- Hans-Dieter hat vorhin angerufen, ich hab ihm schon zugesagt.
- Wir könnten uns zu dritt treffen. Wenn's dir recht ist.
- OK, so machen wir's. Bis nachher dann. Ich sag Hans-Dieter noch Bescheid.

Er überlegt, ob er sich noch einen zweiten Kaffee eingießt, aber wenn sie sich nachher im Parkcafé treffen, dann reicht es jetzt mal. Er sollte besser die Küche aufräumen.

Hinter dem Haus, auf der Wiese, spielen Kinder aus der Nachbarschaft. Schade, es könnten seine Enkel sein.

Das Sorgen-Thema. Immer hat sich Pirmin um alles Sorgen gemacht. Pirmin ist ein Sorgen-Mensch. Wahrscheinlich hat ihm dies auch seine Stelle in der Schulleitung verschafft. Er sorgt sich gewissenhaft auch um die kleinsten Dinge, notiert alles, was er möglicherweise vergessen könnte (was ihm allerdings praktisch nie passiert. Aber ein Perfektionist ist er auch nicht). Er ist ein Kümmerer, der jedem jederzeit seine Wertschätzung zeigt. Ein idealer stellvertretender Schulleiter. Und warum nicht Schulleiter? Das wiederum hatte er nie angestrebt. Er kannte seine Grenzen und war dankbar für das Erreichte. Pirmin ist ein bescheidener Mensch … ein Mensch auch, der sich selbst Grenzen setzen kann.

Vor kurzem hat er sich ein Smartphone zugelegt. Ein Samsung, kein I-Phone, Pirmin ist sparsam. Das Smartphone vertreibt ein wenig die Zeit, beschäftigt ihn. Doch es tut ihm nicht gut, es verstärkt seine Sorgen. Bevor er es hatte, hatte er die Zeitung gelesen und die Nachrichten gehört und gesehen. Jetzt liegt das Gerät ständig neben ihm, und die Versuchung ist einfach zu groß, ständig auf irgendein Nachrichtenportal zu schauen. Das vergrößert seine Sorgen: die Migranten, die Umwelt, das Erdklima, Syrien, die Krim, alles ist riesengroß. Pirmin ist ein konservativer Mensch, das Konservative verträgt sich nicht mit abrupter Veränderung. Er hat beschlossen, sparsamer mit dem Smartphone umzugehen. Er hat auch keine *Messenger*-Dienste abonniert, möchte in keine Gruppen oder Netzwerke hineingezogen werden. Pirmin lebt nicht in Parallelwelten. Dafür ist ihm die Lebenszeit zu kostbar. Pirmin denkt über die verbleibende Lebenszeit nach. Er weiß, dass er nach etwas sucht, das ihm hilft, der Zeit einen Sinn zu geben. Er weiß auch, dass es dieses Etwas gibt, er spürt es, er weiß sogar, wo er es zu suchen hat, er streckt die Hände danach aus, aber noch hat er nicht den Mut, es zu ergreifen.

Leben nicht alle in ihrer eigenen Realität, in irgendeiner Parallelwelt? Wenn er mit Julia spricht, hat er den Eindruck, dass auch sie in einer Parallelwelt lebt. Sie vermeidet bestimmte Themen, warum sollte sie mit ihm auch darüber sprechen? Schließlich hat sie nichts mit Pirmin (aber warum ruft sie ihn an? Warum trifft sie sich mit ihm?). Hat nicht jeder seine Tabuzonen? Julia beherrscht die Kunst der Verdrängung. Offensichtlich sucht und findet sie etwas bei ihm. Doch was genau es ist: Pirmin weiß es nicht.

Und mit wem spricht er eigentlich, wenn er mit ihr spricht? Ein befremdlicher Gedanke …

Am See

Es ist das Jahr nach der Fußballweltmeisterschaft, Deutschland ist zum vierten Mal Weltmeister. Es ist ein wunderschöner Sommer geworden. Praktisch seit Pirmin im Mai von der Insel zurückgekehrt ist, scheint die Sonne.

Man hat schon wochenlang davon berichtet, doch Ende August spitzt sich die Lage zu. Hunderttausende haben sich auf den Weg gemacht und warten an der ungarischen Grenze auf Einlass. Sie wollen weiter, nach Deutschland. Auch Pirmin sieht die Bilder im Fernsehen und in der Presse. Man nennt sie jetzt Geflüchtete, nicht mehr Flüchtlinge, so als ob damit für sie andere Regeln gelten würden, als für Flüchtlinge. Die Tagesschau zeigt Bilder von Frauen und Kindern, doch im Internet sieht Pirmin vor allem endlose Schlangen von Männern, die meisten von ihnen sind jung. Verstörende Bilder. Ein Bild in der Zeitung beeindruckt ihn besonders. Ein junger Mann mit kurz geschorenem Haar und Flaum an Oberlippe und Kinn trägt mehrere Umhängetaschen und hält ein übergroßes Foto – vielleicht DIN A 3 – in die Kamera, das die deutsche Bundeskanzlerin zeigt. Hinter ihr die schwarz-rot-goldene Fahne. Der junge Mann lächelt glücklich in die Kamera. Das Foto mit der Kanzlerin stellt den Mittelpunkt des Bildes dar. Die Kanzlerin wirkt energisch, ihre rechte Hand zupackend gespreizt, bald wird sie den Satz sagen „Wir schaffen das". Woher hat der junge Mann das riesige Foto der Kanzlerin? Sein glückliches Gesicht über dem Foto der Kanzlerin. Ihm muss das hier wie das Paradies erscheinen, und wenn nicht das ganze Paradies, dann doch ein Zipfel davon. Das Bild ist insgesamt leicht nach links geneigt, der Fotograf hat die Kamera offenbar zu dieser Seite hingeneigt, es wirkt dadurch spontaner.

Pirmin wundert sich. Warum zeigt die Tagesschau stets Bilder von Frauen und Kindern, während die Videos im Internet vor allem endlose Schlangen von Männern zeigen? Bald tauchen überall Aufkleber auf, an Laternenmasten, Briefkästen und Geländern: eine stilisierte Familie auf der Flucht, Vater, Mutter, zwei Kinder. Doch die Straßen füllen sich mit Männern. Ein anderes Foto in der Zeitung zeigt vier Frauen hinter einem Plakat, sie haben es offenbar selbst gemalt, drei von ihnen halten es fest. *Refugees Welcome* steht auf dem selbstgemalten Plakat, in bunten Lettern, mit einem in fettem Rot umrandeten großen Herz oben links in der Mitte, einem weiteren kleineren blauen Herz oben rechts, daneben ein *Smiley* in Grün und vier bunten Sonnen über das Plakat verteilt. Drei der vier Frauen lachen. Es ist schon seltsam, Pirmin muss unwillkürlich an ein Foto aus dem Geschichtsbuch denken (er war ja auch Geschichtslehrer), das berühmte Schlagbaumfoto vom ersten September neunzehnhundertneununddreißig, deutsche Soldaten stemmen sich gegen einen polnischen Schlagbaum, eine Inszenierung. Auch sie lachen. Pirmin schämt sich ein wenig über seine Analogie der beiden Grenzöffnungen und der lachenden Personen. Damals waren es Soldaten, es war der Beginn eines großen Krieges, deutsche Soldaten marschierten in das Nachbarland ein, jetzt sind es deutsche Frauen, die mit *refugees welcome* die Öffnung der eigenen Grenzen feiern (eine Friedensgeste? Wann ist jemand ein *refugee*, wann ein Migrant? Neuerdings sprechen die Medien nicht mehr von Flüchtlingen, sondern von Geflüchteten und von Schutzsuchenden …). Lachende Gesichter bei Grenzöffnungen, es besteht keinerlei Zusammenhang, aber es ist die Symbolik der Ent-Grenzung. Auf beiden Fotos scheint Gewissheit durch, die Soldaten strahlen eine naive Gewissheit aus … und auch die jungen Frauen strahlen eine naive Gewissheit aus. Doch eine Analogie wäre abwegig, anachronistisch, das eine ist als eine kriegerische Geste zu verstehen, das andere als eine Friedensgeste …

Pirmin sind die Bilder, die er sieht, unheimlich. Massenbewegungen haben ihn schon immer beunruhigt, er meidet große Menschenansammlungen. Jetzt sieht er täglich diese Bilder von endlosen Männerkolonnen, die über grüne Grenzen und über Autobahnen hereinströmen, unkontrolliert. Auf Befehl von oben hat man die Kontrollen aufgegeben, die Bilder vermitteln Kontrollverlust an den Grenzen, eine Ohnmacht, und am Ende des Jahres ist es eine Million, die unbehelligt die Grenze überschritten haben wird. Und gleichzeitig dieses *Refugees Welcome*, das zu einer ebenso großen Welle angeschwollen ist wie der Zustrom über die Grenzen. „Wir helfen", heißt es, an den Bahnhöfen haben sich Empfangskomitees gebildet. Pirmin ist besorgt, aber die Menschen um ihn herum scheinen seine Sorge nicht zu teilen … In manchen Gesprächen kommt gelegentlich ein Unbehagen auf, wenn er das Thema anspricht, man redet nicht gerne darüber.

Sie sitzen im Parkcafé, Pirmin, Julia, Hans-Dieter. Hans-Dieter war Kollege, ebenfalls stellvertretender Schulleiter an Pirmins Schule, und ist nun auch schon seit ein paar Jahren im Ruhestand. Julia ist die einzige noch aktiv Berufstätige.

- 	Wie geht ihr denn bei Euch in der Schule mit dem Thema um?
- 	Wir Alten sagen dazu nicht viel. Einige haben sich zurückgezogen und werden wohl bei der Wahl ihr Kreuz entsprechend machen. Die Jungen engagieren sich, einige haben Flüchtlinge bei sich zu Hause aufgenommen …
- 	Man muss den traumatisierten Menschen doch helfen.

Hans-Dieter echauffiert sich:

- 	Ja, aber seht ihr denn nicht, über welche Zahlen wir mittlerweile reden? Es sind Hunderttausende, die da einfach reinströmen. Wer soll die versorgen? Und das alles ohne Abstimmung im Bundestag, einfach per Entscheidung im Kanzleramt. Keiner hat uns gefragt, ob wir das wollen …

Julia sagt nichts. Im Fernsehen hat sie mehrfach Politiker sagen hören, Deutschland sei ein reiches Land. Wir bekommen Menschen geschenkt, sagt eine Politikerin im Bundestag. Wer vor Krieg und Verfolgung flüchtet, dem muss man doch helfen, gerade wir Deutschen, sagen andere … Doch wer von den Ankommenden flüchtet vor Krieg und Verfolgung, und wer möchte einfach nur von einem armen Land in ein reiches? Auch Julia will helfen.

Es ist jetzt still, keiner sagt mehr etwas. Noch vor einem Jahr waren alle in Euphorie gewesen, Deutschland hatte die Fußballweltmeisterschaft gewonnen. Pirmin spürt, dass das ein für alle Mal vorbei ist. Ein Graben tut sich auf.

Aber das Wetter ist wunderbar.

Die Bedienung bringt endlich den bestellten Kaffee. Sie trägt eine großes Tatou auf dem rechten Unterarm. Wo dieses Tatou endet, lässt ihre Kleidung offen. Sie plant schon das nächste. Auch ihr Mann trägt ein Tatou, aber nur ein kleines, auf der rechten Wade. Er arbeitet in der Badabteilung einer Baumarktkette. (Sein Chef sieht das mit den Tatous bei den Mitarbeitern nicht so gern). Sie gibt sich heute nicht allzu viel Mühe, freundlich zu sein. Das Wetter ist zu schön und alle Tische besetzt, warum soll sie sich für jeden einzelnen Gast Mühe geben. Die drei älteren Herrschaften sehen ohnehin nicht so aus, als würden sie ein üppiges Trinkgeld dalassen. Und der Pächter des Cafés wird sie nicht entlassen … kriegt ja ohnehin niemand anderen. Nächstes Jahr kommt die Kleine in die Schule, dann kann sie nachmittags auch nicht mehr bedienen.

Natürlich hat auch sie die Bilder in den Nachrichten gesehen. Doch was geht sie das an ... Dafür hat man ja eine Regierung, dass die das regelt. Wenn die da oben das so haben wollen, bitte schön. Uns geht's gut. Deutschland ist ein reiches Land ... sagen doch alle. Und außerdem: die werden alle wieder in ihre Heimat zurückkehren. Irgendwann ist der Krieg in Syrien auch mal vorbei.

Und was denken die beiden jungen Leute am Nachbartisch? Sie sehen adrett aus, er mit sauber gescheiteltem kurzem Haar, ein Tick Hipster, sie etwas rustikaler, dafür schönes langes, braunes Haar. Sind sie politisch interessiert? Er studiert Informatik in Frankfurt, sie Sport und Englisch auf Lehramt in Gießen. Sie sprechen gerade über den geplanten Irlandtrip. Sie wollen noch mal Urlaub machen, bevor das Semester beginnt. Das Thema Massenmigration interessiert sie nur am Rande, sie sehen die Bilder im Internet und hoffen, dass sie das irgendwie nicht betrifft. Sie planen ihr Leben zu zweit, vielleicht heiraten sie ja mal und gründen eine Familie. Aber helfen, ja das wollen sie auch.

Pirmin weiß nicht, was die Leute um ihn herum denken, er kann ja nicht in die Köpfe reinsehen. Er sieht sie nur dasitzen und gut gelaunt ihren Cappuccino trinken, und er fragt sich, ob sich die Leute ebensolche Sorgen machen wie er. Es fremdelt ihn bei dem Gedanken, dass in genau diesem Moment Zehntausende über die Grenzen des Landes strömen, nachdem dieselben Grenzen jahrzehntelang streng bewacht wurden.

Auch Johanna lebt allein. Aber sie leidet weitaus mehr als Pirmin unter der Einsamkeit. Pirmin hat fast schon ein Leben hinter sich, war verheiratet, hat einen Sohn, war immer berufstätig und schaut eher zurück als nach vorne. Johanna ist knapp vierzig, hat ein durchaus apartes Äußeres, wenn nicht die Brille wäre, die ihre Augen übermäßig vergrößern, ein bisschen wie ein Karpfen, und die Schneidezähne, die etwas groß geraten sind. Doch die vielen Jahre der Einsamkeit haben den Menschen aus ihr gemacht, der sie nun mal ist, spitzzüngig, immer bereit, auszuteilen, dabei selbst ganz dünnhäutig, immer ein wenig beleidigt. Johanna hat keinen geliebten Menschen verloren (sie hatte nie einen, wenn man einmal von ihren Eltern und ihrem Bruder absieht), erträgt ihren Beruf nur mit Mühe (im Grunde versteht sie selbst nicht, warum sie das Hotelfach gewählt hat, ihr Herz brennt für die Musik, wenn es denn für etwas brennt ... Sie spielt Cello!), und wenn sie nach vorne blickt, dann blickt sie in eine Welt voller Ungewissheit ... Dies dürfte aber das Einzige sein, was sie mit Pirmin teilt. Gegen die Ungewissheit hilft ihr die Hoffnung auf eine große Wende, an die sie fest glaubt. Bloß: wann diese Wende kommen wird und wie sie genau aussieht, das bleibt noch offen.

Johanna lebt in der Warenhauswelt und in der Parallelwelt der sozialen Netzwerke. Auch Johanna hat, wie Pirmin, eine Vertraute, Sabine, die ihr über das Alleinsein hinweghilft. Sabine lebt mit Markus auf einem Hof im Oberallgäu, gar nicht sehr weit weg von Johanna. Sie bewirtschaften den Hof nicht mehr, Markus verdient gut mit seinen

Möbeln, und Sabine hat viel Zeit. Sie verbringt den meisten Teil ihrer Zeit im Internet, neuerdings vor allem auf *Telegram*. Sabine und Johanna sind politisch nicht konservativ, sie sind auch nicht rechts, wenn man rechts an bestimmten Parteien und deren Programmen festmachen wollte, sie glauben allerdings an eine neue Zeit. Die soll mit einer Art Putsch, einem überraschenden Umsturz, beginnen.

Sabine ist am Telefon.

- Es ist jetzt so weit. Es spitzt sich zu.
- D'Lait ham halt alle d'Nase voll. Aber wer soll's ändre? I seh net, dass was passiert.
- Mia brauch'n halt noch die Zuspitzung. Aber die neue Regierung bereitet sich schon vor.
- Wer ist die neue Regierung?
- Dös wer ma scho seha. Spätestens Mitte des Monats übernimmt das Militär.
- Glaubst du?
- Do bin I sicher. Die übernehma jetzt.

Das sagt Sabine allerdings schon seit zwei Jahren. Seit zwei Jahren prognostiziert Sabine, dass es jetzt so weit sei. Doch die Grenzöffnung lässt auch bei Johanna keinen Zweifel mehr aufkommen: Der Umsturz steht unmittelbar bevor. Die neue Führung hat sich im

Hintergrund vorbereitet und hält bereits die Fäden bei Polizei und Militär in den Händen.

So unterschiedlich reagieren die Menschen: Während Markus alles an sich abprallen lässt, wenn er mal einen solchen Gesprächsfetzen mitbekommt, lässt Pirmin immer alles ganz nah an sich heran, ist immer gleich persönlich betroffen und kann die halbe Nacht nicht schlafen. War das nicht auch der Grund, weshalb er im Mai Hals über Kopf von der Insel abreiste?

Und so vergeht die Zeit, bei Johanna mit Internet und Hotel, bei Sabine mit Internet und Hof. Das Internet ist die Nummer eins, es dominiert das Leben. Es ist eine Droge, sie macht süchtig. Doch gestehen wir ihnen zu: Beide sind Suchende. Auch sie suchen nach der Wahrheit.

Von solchen Süchten weiß Hildegard nichts. Für sie ist die Politik reine Zeitverschwendung. Wie auch das Internet. Für hochentwickelte Menschen kommen nur die schönen Dinge in Frage: Kunst und Kultur. Hildegard bildet sich, seit Jahrzehnten, sie hat sich in die Welt der Oper eingehört und eingelesen. Sie kennt sich auch in Goethes Schriften aus wie nur wenige (mit Ausnahme Andrejs). Sie könnte Vorträge halten. Eines Tages wird sie es auch tun. Sie kann warten.

Vorerst bleibt sie in der zweiten Reihe, hilft bei Theresa aus, wenn sie gebraucht wird. Sie ist eine hervorragende Köchin, sie kennt sich bestens in Naturkostgerichten aus, hat auch in allen Seminarthemen absolutes Grundlagenwissen. Sie könnte jedes Seminar Theresas selber halten, aus dem Stand, hat sich jedoch in den letzten Jahren rar gemacht, hat anderen das Feld überlassen. Sie hatte eine Stelle bei einer befreundeten Kunstgewerbehändlerin in der Nähe von München angenommen. Seit zwei Jahren ist sie in Rente, hat auch geerbt, beides zusammen reicht für ein sorgenfreies Leben.

Sie lebt allein, hat sich eine Eigentumswohnung am See gekauft, pflegt ihren Körper, Spaziergänge morgens barfuß im Tau zum See, im Storchengang wie bei Kneipp, dann ein Bad im See, danach Tee und Opernmusik. Und, wie gesagt, die Probleme der anderen sind nicht ihre Probleme, keine Politik, keine Panik … reine Zeitverschwendung. Nur die reine Lehre. Ein Mensch wie Hildegard kann nur allein leben.

Apropos Andrej. Auch er tut alles für die Gesundheit. Er geht täglich stundenlang in den Wald, schwört auf frische Waldluft. In seelischen Dingen hat er einen ähnlichen Wissensstand wie Hildegard. So betrachtet würden die beiden gut zusammenpassen, er und Hildegard, auch vom Alter her. Aber kein Gedanke an so etwas, beide sind Einzelgänger. Vielleicht muss man weiter zurückgehen, um das zu verstehen. Beide kommen aus dem Osten, sie als Flüchtlingskind, er als

Flüchtling aus einem Ostblockland. Sie machte eine Lehre im Einzelhandel, heiratete, ein Kind, verließ ihren Mann, später, als das Kind erwachsen war. Er studierte Physik, dann Medizin, keine eheliche Beziehung. Anfang vierzig beschließt sie, ihren Weg allein weiterzugehen und trifft auf Theresa. Er beschließt schon viel früher, allein zu bleiben, beziehungsweise: Es ist kein Beschluss, es ist einfach so. Auch er trifft einen Lebenslehrer, der ihn ab diesem Zeitpunkt führt. Bindungslos beide, aber vielleicht nicht aus Mangel, sondern eher aus innerer Führung ... Wer weiß.

-    Die Juuchend, ja die Juuchend.

Sie sagt es mit einem langgezogenen u, Jugend klingt bei ihr ein wenig wie juchzend. Die alte Dame, sie dürfte zwischen achtzig und fünfundachtzig sein, hat ihre Freude an dem jungen Paar, das gerade im zweiten Stock eingezogen ist, ihren neuen Nachbarn. Vor allem an Kilian hat sie Gefallen gefunden, mit seinem gelockten langen Haar kommt er bei den älteren Damen gut an. Er sieht ein wenig aus wie Jesus. Jugend ist ein dehnbarer Begriff, für die alte Dame sind Kilian und Stefanie noch die Jugend, obwohl Kilian achtundzwanzig und Stefanie schon dreiunddreißig ist.

Nach Kilians Rückkehr von der Insel hat Stefanie gemerkt, dass die Regel ausblieb, ein Schwangerschaftstest schuf Klarheit. Die beiden haben sich schleunigst eine richtige Wohnung gesucht. Die Wohnung im Münchner Westend ist ein Glücksfall, ein Schnäppchen, drei Zimmer für sechshundert Euros, über Freunde von Freunden, die Wohnung stand nie auf irgendeinem Portal. Der Umzug ist schnell erledigt, viele Sachen haben sie ja nicht.

Kilian ist Logotherapeut. Er hat Zukunftspläne, die er Stefanie mitteilt.

-    Ich möchte ein eigenes Zentrum aufmachen.
-    Ein eigenes Zentrum?

- Ja, ein Zentrum für Persönlichkeitsentwicklung. Ich möchte nicht mein ganzes Leben lang Logotherapie machen, ich möchte Persönlichkeitsberater werden, Coach.

- Und du traust dir das zu? Du bist gerade mal achtundzwanzig …

- Warum nicht. Ich lerne ja bei Theresa. Ich mache dort die Ausbildung zum Persönlichkeitstrainer. Damit lässt sich Geld verdienen.

Stefanie hat verstanden, dass er sich darunter ein Geschäftsmodell vorstellt. Aber sie will ihn nicht kritisieren. Jetzt wollen sie erst einmal heiraten, und wenn das Kind da ist, wird man sehen, die Dinge entwickeln sich. Und es ist gut, wenn ein Mann Projekte hat, dann kommt er nicht auf dumme Gedanken. Politisch denkt Kilian in großen Maßstäben, die Öffnung der Grenzen und die Masseneinwanderung treiben ihn um:

- Es muss was geschehen. Die Regierung fährt das ganze Land an die Wand. Jeder muss schauen, was er in seinem Umfeld machen kann … Vielleicht sollte ich mal eine Rede auf dem Stachus halten.

- Das wirst du bleiben lassen. Du wirst in einem halben Jahr Vater.

Stefanie ist entsetzt, wenn Kilian so redet. Sie hat jetzt andere Sorgen. Die Heiztherme leckt, und im Bad hat Stefanie Schimmel entdeckt. Sie überlegt, wer das reparieren könnte. Die Wohnung ist kalt, selbst im Sommer. Im Winter wird sie vielleicht sogar wärmer, wenn die Nachbarn von unten ordentlich heizen. Das Kind soll es warm haben.

Auch Matthias und Birgit haben sich nach ihrer Rückkehr von der Insel verändert, Birgit ist aus dem gemeinsamen Schlafzimmer ausgezogen.

- Wir müssen reden, Matthias. Ich kann so nicht weitermachen.
- Was möchtest du denn ändern?
- Ich bin dir für alles sehr dankbar, das weißt du. Aber ich brauche noch was anderes, als hier die Sekretärin zu spielen. Ich möchte die Ausbildung bei Theresa machen.

Matthias liebt Birgit, aber er ist niemand, der sich wegen einer Trennung umbringen würde. Er wird ihr keine Steine in den Weg legen. Im Moment weiß er sowieso nicht, wo ihm der Kopf steht, er hat einen Großauftrag von einem Hotel am Flughafen. Dort sind fast alle Betten verlaust. Des einen Freud, des anderen Leid.

Auch Ralf denkt über die Massenmigration und die Grenzöffnung nach.

- Wir brauchen uns um die Migranten keine Gedanken zu machen. Das betrifft uns nicht. Die winken ja eh alle durch, über'd Grenze, nach Daitschland.
- Aber beängstigend isses scho, wenn man die Bilder so sieht. Alles junge Männer ... Die sehn net so aus, als wollten die wieder zruck.
- Da brauchen wir uns net drum z'kümmern, das regeln andere. Du weißt, was i mein.

Ralf ist es gewohnt, die Dinge vom Ende her zu denken, und er ist sich sicher, das Ende zu kennen. Er ist gelassen und bereitet sich vor: ein paar Essenskonserven mehr im Keller, Kerzen, Zündhölzer, nur für den Fall. Die eigentliche Vorbereitung findet im Kopf statt: keine Beeinflussung durch die Medien. Ralf kann selber denken, er braucht keine Tageszeitung, keine Fernsehnachrichten, auch kein *Telegram* oder ähnliches. Ein paar Favoriten hat er zwar schon, verrät es aber niemandem.

Inga wirbt weiter um Kunden für ihre Kosmetikprodukte. *Network-Marketing.* Das Geschäft läuft gut, sie kann weitgehend von zu Hause aus arbeiten und sich um Lia kümmern. Die steckt jetzt mitten in der Pubertät, da ist die Mutter gefragt. Ob sie schon was mit einem Jungen hat? Der Spätsommer ist heuer schön, in Oberösterreich, man muss die schönen Tage noch genießen.

Simon und Magdalena haben echte Sorgen. Seit einigen Tagen klagt Simon über starke Kopfschmerzen, Übelkeit und Tinitus im rechten Ohr. Dann hört er auch nicht mehr gut. Er hat sich bei den Stadtwerken, seinem Arbeitgeber, krankschreiben lassen, muss jetzt erst mal zum Arzt. Er will das eigentlich vermeiden, will lieber an den Ursachen seiner Kopfschmerzen arbeiten, das ist ja sein Weg.

-   Was meinst du, soll ich mich mal durchchecken lassen?
-   Die werden auch nichts finden. Du musst auf deine innere Stimme hören. Du musst rausfinden, welches Problem es ist, das dir Kopfschmerzen bereitet.

Als der ärztliche Befund vorliegt, der Schock: ein bösartiger Hirntumor, Glioblastom im Fachjargon, faustgroß bereits.

-   Wollen wir mit Theresa sprechen?
-   Was wollen wir ihr sagen?
-   Na, die Wahrheit, was sonst. Dass wir nicht mehr weiterwissen und ihre Hilfe brauchen.

-    Was soll sie jetzt machen. Sie kennt uns seit Jahren. Das hätte früher passieren müssen.

-    Hab ich alles falsch gemacht?

-    Du meinst, haben wir alles falsch gemacht. Es war unsere Entscheidung, keine Kinder zu bekommen.

Simon sagt nichts. Sie wissen beide, dass Simon sich immer eine richtige Familie gewünscht hat und dass sie es war, die keine Kinder wollte. Sie fühlt sich schuldig. Vielleicht ist dies sogar das erste Mal, dass sie das Thema ansprechen … Doch es stand immer im Raum. Jetzt ist es ihr spontan über die Lippen gekommen. Die Wahrheit drängt immer irgendwann heraus. Wir haben nie ernsthaft darüber gesprochen, denkt Magdalena. Warum nicht? Warum haben wir so getan, als könnte immer alles so weitergehen? Das alles geht Theresa nichts an. Sie hat sich vielleicht vorgestellt, ich würde einmal zusammen mit Patricia das Zentrum übernehmen. Kinder hätten dieses Projekt behindert, wenn nicht unmöglich gemacht. Alles Dinge, über die nie geredet worden ist, alles Dinge, die sich nur in meinem Kopf abgespielt haben. Simon hatte mitgezogen. Er liebte mich, was sollte er machen. Da ist etwas komplett schiefgegangen, und Theresa ist jetzt die Letzte, mir der ich darüber sprechen könnte … Kann man jetzt noch was tun?

Ein großes Unheil ist über sie beide hereingebrochen. Magdalena fühlt sich zum ersten Mal hilflos … und schuldig. Weiß sie, dass die Zeit nicht mehr reicht?

In der Klienbachstraße herrscht reger Betrieb. Hinten im Büro sitzen drei Frauen an Schreibtischen, in der Küche ist Natascha, die Haushälterin, beschäftigt. Eine der Frauen im Büro ist Lisa, an den beiden anderen Tischen sitzen Elke und Frida. Elke arbeitet an einer *Power Point*-Präsentation, Frida macht die Buchführung. Lisa telefoniert.

- Ja, für das Allerheiligenseminar gibt es noch Plätze. Du solltest dich aber anmelden, es füllt sich jetzt.
- Na gut, ich sag dir schon mal mündlich zu, setz mich auf die Liste, ich überweise den Betrag im Laufe der Woche
- Super, wir freuen uns auf dich. Wie gehts Inga?
- Gut, ihr gehts gut. Soll dich auch lieb grüßen.
- Grüße zurück. Ich sag dir tschüs, bis bald.
- Bis bald.

Mit dem Handy ruft von oben Theresa. Lisa verlässt das Büro und geht die Treppe hinauf. Theresa sitzt im Raum direkt über dem Büro und liest. Der Raum hat eine große Fensterfront zum Wald, ein Sofa und mehrere bequeme Sessel.

- Wie sind denn die Anmeldezahlen für das Allerheiligenseminar?
- Sieht gut aus, fünfzehn schon bisher.

Theresa hat ein starkes Kontrollbedürfnis bezüglich ihrer Mitarbeiter. Natürlich hätte ihr Lisa die Zahl auch am Telefon sagen können, aber das reicht Theresa nicht. Seit sich ihre Knie immer mehr verschlechtern und es ihr zunehmend schwerer fällt, die Treppe rauf und runterzulaufen und persönlich im Büro nach dem rechten zu schauen, muss eben Lisa hinauf zu ihr. Die hat die Mitte vierzig auch längst schon hinter sich und leidet unter der ständigen Kontrolle. Aber sie erträgt es, was soll sie machen. Andererseits ist sie jetzt schon mal Theresas rechte Hand. Wer weiß …

-     Wie läuft's bei Elke? Wenn sie fertig ist, soll sie mir die Folien zeigen.
-     Ich sag's ihr gleich.

Simons Tod überrascht alle. Keiner weiß etwas Genaues, nur dass es am Ende ganz schnell gegangen ist. Magdalena hat mit niemandem mehr gesprochen. Die Beisetzung ist in Salzburg, im engsten Kreis.

Das Zentrum befindet sich in einem unscheinbaren Einfamilienhaus aus den Fünfzigern, etwas versetzt zum baugleichen Nachbarhaus. Die Hanglage macht es erforderlich, dass man neben der Garage zunächst ein paar Stufen hinaufsteigt, dann allerdings kommt man fast ebenerdig ins Haus, entweder durch die Tür zum Ess- und Wohnbereich hin oder nach einer Runde um die Südseite des Hauses durch die Hintertür. Vor dem Haus gibt es einen kleinen Garten, der ganz von einer mächtigen Kiefer beherrscht wird, die unter sich kaum Vegetation duldet. Der Vorteil ist, dass man sich auch nicht um die Gartenpflege kümmern muss. Theresa hat das Haus vor einigen Jahren nach hinten verlängern lassen. In dem Anbau befindet sich das Büro und darüber das private zweite Wohnzimmer. Durch die Hintertür kommt man in einen schmalen Flur, der nach links direkt ins Büro führt und nach rechts in die Küche. Geradeaus geht es in den Ess- und Wohnbereich. In der Mitte des Flurs geht eine Treppe nach oben und eine nach unten ab. Oben liegen Theresas Schlafzimmer und Bad, ein Zimmer für die Haushälterin sowie das zweite Wohnzimmer, unten im Keller gibt es ein WC, eine Dusche, ein Gästezimmer und zwei Kellerräume.

Der Wohn- und Essbereich ist sehr geschickt geschnitten: Ein großes L ermöglicht es, den Raum bei Bedarf für Tagesseminare zu nutzen. An der nördlichen Wand hat man im Essbereich eine Leinwand anbringen lassen, so dass man mit einem *Beamer* in der Mitte des Raumes bequem Bilder oder Filme projizieren kann. Ansonsten wird der

Essbereich allerdings für die täglichen gemeinsamen Mahlzeiten benötigt. Am Tisch haben acht Personen Platz, wenn man ihn auszieht, sogar zehn bis zwölf (wenn alle eng zusammenrücken). Im Wohnzimmer gibt es eine Sitzgruppe aus zwei grell goldfarbenen Sofas in nachgeahmtem Rokoko und einem dazu passenden schnörkeligen flachen Eisen-Marmortisch und an der rückwärtigen Wand ein Bücherregal und einen Sekretär. Die einzige freie Wand schmücken zwei größere Gemälde im Stil englischer Landschaftsmalerei des neunzehnten Jahrhunderts, unsigniert, nichts von Wert.

Es ist Samstag, der zehnte Oktober. Theresa gibt ihr erstes Tagesseminar nach ihrer Rückkehr von der Insel, wo sie seit Ende August wieder vier Wochen verbracht hat.

Punkt neun Uhr. Wenn man über satellitengestützte Spionagesoftware verfügte, könnte man erkennen, dass Pirmin gerade aus dem Seehotel heraustritt, um sich noch einen Blick auf den See zu gönnen. Beim Heranzoomen könnte man sogar erkennen, dass er sich die Haare bereits von links nach rechts über die Glatze gekämmt hat, so dass man kaum etwas von ihr bemerkt. Er hat sich herausgeputzt und ist gut gelaunt. Das Wetter ist hervorragend, Pirmin hat ausgezeichnet gefrühstückt, seit dem Maiseminar auf der Insel ganz ohne Ei, Käse, Wurst und dergleichen belastenden Nahrungsmitteln (nur auf den Kaffee kann oder möchte er noch nicht ganz verzichten), und nun bereitet er sich gedanklich auf das Tagesseminar vor.

Die Idee dazu kam spontan. Im Sommer hatte er noch nicht genügend Distanz zu seiner übereilten Entscheidung (das Seminar im Mai Hals über Kopf zu verlassen). Das hat sich aber langsam wieder geändert, und der Wunsch, mehr von Theresa zu lernen, ist wieder stärker geworden. Pirmin ist auf der Suche, und es drängt ihn, auf dem einmal eingeschlagenen Weg weiterzukommen. Auf der Webseite des Zentrums hat er dann von dem Tagesseminar „Krise als Chance" erfahren und sich nach kurzem Nachdenken angemeldet. Die beiden Übernachtungen im Seehotel gönnt er sich einfach. Er hat das Geld.

Das Satellitenbild könnte nicht verraten, dass sich gerade folgende Personen in der S-Bahn auf dem Weg zu Theresas Tagesseminar befinden: Kilian, Johanna, Birgit, ferner Christiane und Hubert. Christiane ist dieses Jahr sechzig geworden. Sie ist vermögend, Teilerbin einer kleinen Privatbrauerei. Das Geschäft geht gut, ihr ältester Sohn ist gerade als Geschäftsführer eingestiegen, sie braucht sich um nichts mehr zu kümmern. Sie kennt Theresa schon seit über fünfzehn Jahren, ist zwischenzeitig mal abtrünnig geworden und hat Kurse bei einem anderen Lebenslehrer besucht, der weniger streng ist und dafür Wochen- oder Zweiwochenseminare an einem Küstenort an der Adria anbietet inklusive Bustransfer, also eine Art Reiseunternehmen. Sie schwärmt noch heute von der tollen Gemeinschaft, doch am Ende ist sie wieder zu Theresa zurückgekehrt. Sie hat den Eindruck, dass sie nur hier das finden kann, was sie sucht.

Hubert ist Ende dreißig und arbeitet als selbstständiger Personalberater mit zwei weiteren Teilhabern einer Beratungsfirma zusammen. Er verdient sehr gut, aber er ist nicht mehr zufrieden. Er weiß, dass er diesen Job nicht mehr lange machen wird, er füllt ihn nicht aus. Hubert ist auf der Suche nach Alternativen. Im Frühjahr ist er auf Theresas Seite gestoßen und fühlte sich sofort angesprochen. Er hat ein erstes Wochenendseminar besucht und möchte demnächst die Ausbildung zum Gesundheitsberater beginnen.

Kilian und Hubert kennen sich vom Frühjahrsseminar, Kilian kennt Birgit und Johanna vom Maiseminar auf der Insel, Johanna wiederum kennt Birgit noch von einem früheren Seminar. Es gab aber keine Absprache für die S-Bahnfahrt, erst auf dem Bahnsteig treffen Birgit und Johanna zufällig auf Kilian, während Christiane und Hubert bereits zwei Stationen zuvor eingestiegen sind und in einem anderen Wagen sitzen. Da sie sich nicht kennen, können sie auch nicht wissen, dass sie dasselbe Ziel haben.

Christiane denkt an das Oktoberfest zurück. Sie war dieses Jahr nur einmal dort, zusammen mit ihrer ältesten Tochter und deren Freund, Mutter und Tochter im adretten Dirndl, der Freund ebenfalls in Tracht. Es wird jedes Jahr anstrengender, die besten Jahre sind vorüber. Von ihren vier Kindern sind drei erwachsen, die Jüngste ist noch zuhause, aber vermutlich nicht mehr lange, nächstes Jahr macht sie Abitur. Christiane hat darauf geachtet, dass die Kinder rasch flügge werden, keine Nesthocker. Sie klammert nicht, sie weiß, dass das niemandem etwas bringt, im Gegenteil. Zu ihrem ältesten Sohn Bruno, der als Geschäftsführer in die Brauerei eingestiegen ist, hat sie vielleicht die engste Beziehung. Ich muss mich neu orientieren, denkt Christiane, während sie aus dem Fenster auf die vorbeisausenden Häuser schaut. Ich brauche Theresas Nähe, das hat mir früher schon geholfen, als ich mich von meinem Mann getrennt hab. (Es ging nicht mehr weiter mit ihm, obwohl sie ihn liebte. Er hatte psychische Probleme, wurde gewalttätig.) Ihre Gedanken wandern lose umher, von damals, vor fünfzehn Jahren, als sie sich von ihm trennte, zu Theresa und ihrem Zentrum, und es überkommt sie eine gewisse Wärme, wenn sie an die Atmosphäre rund um Theresa in der Klienbachstraße denkt.

Auch Hubert spürt der Atmosphäre in der Klienbachstraße nach, beziehungsweise er freut sich wieder auf sie. Aber anders als Christiane hängt er keinen Gedanken an früher nach, sondern macht Pläne. Wird er seine Freundin Rebecca heiraten? Sie möchte gerne, ist auch schon Mitte dreißig. Auch er kann es sich vorstellen. Hubert kommt gut bei den Frauen an. Er könnte viele haben. Auch in der S-Bahn schauen sie nach ihm.

Zwei Wagen weiter vorne unterhalten sich Kilian, Johanna und Birgit. Kilian und Johanna sind politisch auf einer Linie, halten sich jedoch zurück, da sie nicht wissen, wie Birgit denkt. Es ist *Smalltalk* angesagt. Doch ganz kann es Kilian nicht lassen:

- Seit Mai ist ja einiges passiert. (Dabei schaut er komplizenhaft zu Johanna herüber.)
- Ja, auch bei mir, greift Birgit das Thema geschickt auf und lenkt es um. Ich wohne seit vier Wochen in Pasing.
- Stefanie und ich sind auch gerade umgezogen, ins Westend, eine Dreizimmerwohnung. Stefanie ist schwanger.

-       Na, dann beginnt ja ein völlig neues Leben für Dich. Gratuliere.

Johanna beteiligt sich nur mit Blicken am Gespräch. Die anderen verändern sich, bei ihr bleibt alles beim Alten. Vielleicht kriegt sie heute neue Impulse. Soll sie die Firma, das Kaufhaus, sausen lassen und sich was anderes suchen? Vorerst kann sie auf die Sicherheit nicht verzichten.

Ralf hat in der Klienbachstraße im Gästezimmer übernachtet. Er hat als treuester Seminarbesucher besondere Rechte.

Wenn man eine Satellitenkamera besäße wie ein Nachrichtendienst, könnte man sehen, dass Hildegard, Elke und Frida mit dem eigenen Auto kommen, sie haben keine weite Anfahrt. Man könnte auch sehen, dass Theodor und seine Frau Ilka mit dem eigenen Auto unterwegs sind. Sie wohnen zwar in München, fahren aber praktisch nie mit der S-Bahn.

-       Schatz, was meinst du, kommen wir rechtzeitig an?
-       Wir sind gut in der Zeit.
-       Ich hoffe, sie machen auch ein bisschen Werbung für meine Bücher.
-       Auf das Zentrum ist Verlass.

Theodor war früher Theaterdirektor im Osten, hat zwei autobiografische Bücher geschrieben und verlebt seine Rente mit seiner Frau in München. Ilka war es, die den Kontakt zu Theresa hergestellt hat, Theodor wäre dafür zu eitel gewesen. Ilka ist ein spiritueller, warmherziger Mensch, sie hat glänzende blaue Augen und steht in direktem Kontakt zu ‚oben‘, wie sie sagt, zur geistigen Welt.

Franzi kommt mit ihrem Mann Peer aus Berlin, genauer gesagt aus Falkensee. Sie haben sich fürs Wochenende irgendwo in der Nähe ein Hotel gesucht. Merkwürdig, dass die beiden auf Theresa gestoßen sind … Wie passen sie in die Runde? Sie hatten früher mal mit der Linken geliebäugelt, aber ungefähr mit der Bankenkrise fingen sie an, anders über das Land und die Menschen zu denken und dann auch über sich selbst. Sie hatten damals zahlreiche Überschuldete als Mandanten, meist Privatinsolvenzen, und sie merkten, dass es nicht immer die Unbarmherzigkeit ‚des Systems‘ war, die die Leute in die Zahlungsunfähigkeit trieb. Viele kamen mit der Selbstständigkeit nicht zurecht, häufig führte eine Trennung oder Scheidung zur Überschuldung, manchmal Arbeitslosigkeit. Sie beschäftigten sich mit dem Einzelfall und gewannen mehr und mehr Einblicke in individuell schuldhaftes Handeln, das zu Überschuldung geführt hatte, zum Beispiel eine Kreditaufnahme für ein viel zu teures Auto oder eine viel zu große Immobilie. Manche Mandanten neigten dazu, ‚das System‘, ‚die

Gesellschaft' oder ‚die Umstände' für ihre Misere verantwortlich zu machen. Franzi und Peer fingen an zu verstehen, dass das eine Sackgasse war. Eines Tages stieß Peer auf eine Seminarankündigung: „Loslassen: der Weg zur Selbstverantwortung", der Titel machte ihn neugierig. Das Seminar wurde an einem Samstagnachmittag in Berlin angeboten, er fuhr hin. Eine ehemalige Schülerin Theresas leitete es, und Peer, der im Osten Deutschlands aufgewachsen war, stieß auf eine für ihn völlig neue Sicht auf das Leben, eine spirituelle Sicht. Er hatte zu Franzi gesagt:

- Ich würde gerne beten, aber ich weiß nicht, wie das geht. Hab's nie gelernt.

Seitdem sind die beiden auf dem Weg.

Kilian, Johanna, Birgit haben sich mit Christiane und Hubert auf dem S-Bahnhof zusammengefunden und laufen nun als geschlossene Gruppe zur Klienbachstraße. Vor ihnen sind schon Franzi und Peer eingetroffen, die mit Ralf im Wohnzimmer sitzen und plaudern. Hildegard, Elke und Frida kommen etwa zeitgleich mit Theodor und Ilka an. Als letzter trifft Pirmin ein. Das ist ihm ganz recht, denn so braucht er keinen *Smalltalk* zu halten oder gar Fragen bezüglich seiner überhasteten Abreise im Mai zu beantworten.

Was hat all diese Menschen hierhergeführt? Was hat Franzi und Peer veranlasst, sich zu diesem Tagesseminar anzumelden? Werden sie nicht alle geführt, auch wenn sie glauben, selbst entschieden zu haben?

Der Wohn-Essbereich ist bereits vollständig für das Seminar hergerichtet: Der Esstisch ist an die rückwärtige Wand geschoben worden, die Leinwand heruntergelassen, und sämtliche Stühle und Sessel stehen in Reihen zwischen den Sofas, die ganz nach hinten und an den Rand gerückt sind, und dem freien Platz vor dem Esstisch. Hier steht ein bequemer, etwas erhöhter Stuhl für Theresa. Auf dem Tisch empfängt ein prächtiger Herbstblumenstrauß die Ankommenden. Diese haben aus ihrer Ankunft mehr oder minder eine Punktlandung gemacht, das heißt, außer Ralf, der ja im Hause übernachtet hat, und den engeren und weiteren Mitarbeitern Hildegard, Lisa, Elke und Frida. Diese übernehmen es auch, die Ankommenden zu begrüßen, während Theresa sich langsam, von Natascha gestützt, die Treppe hinabbewegt. Sie trägt ein beigefarbenes Wollkleid und eine beigefarbene Wolljacke. Sie ist stark geschminkt, wie eine Maske liegt die Creme auf ihrem Gesicht.

Alle nehmen ihre Plätze ein, als Theresa den Raum betritt und sich auf den Stuhl in der Mitte setzt. Es wird still.

- So, ich hoffe, ihr seid's alle gut hier angekommen. Ich begrüße Euch zu unserem Tagesseminar ‚Krise als Chance‘.

Ich denke, wir sollten uns erst einmal alle vorstellen, auch wenn sich die meisten schon kennen.

Nach der Vorstellungsrunde bittet Theresa Lisa, die vorbereitete Musik abzuspielen. Alles lauscht den Klängen von Schubert. Dann beginnt Theresa ihre Einleitung. Es ist dieselbe ruhige, klare, jedoch etwas näselnde Stimme, die Pirmin schon vom Maiseminar kennt: Eine Stimme, die vielfältige Stimmungen erzeugt. Es ist für jeden etwas dabei, jeder empfindet seine eigene Stimmung beim Zuhören. Das Herbstlicht flutet durch die Fensterfront mit einem Wolkenwechsel herein, der die Sonnenstrahlen prall einlässt, um sie gleich wieder zu verdrängen. Die Unruhe des Lichts und des Himmels draußen kontrastiert mit der Ruhe im Saal und dem ruhigen Fluss des Vortrags.

- Krise als Chance. Es ist heuer schon eine verrückte Zeit und ihr seid sicher alle gespannt, wie das weitergeht. Man hat die Grenzen geöffnet und bisher sind schon hunderttausende Menschen aus Syrien, Afghanistan und anderen Ländern des Nahen Ostens nach Mitteleuropa gekommen. Aber ich kann euch versichern, dass wir uns keine Sorgen zu machen brauchen.

Doch erst einmal sollten wir uns fragen, was das alles mit jedem einzelnen von uns zu tun hat. Manche neigen dazu, jetzt in Panik zu verfallen und sich permanent Sorgen zu machen, andere glauben, sie müssten sich persönlich in ein

Aufnahmelager stellen und Lebensmittel verteilen, sie müssten helfen. Das „Wir helfen" ist ja zum Schlagwort geworden. Was heißt das eigentlich, sich Sorgen zu machen, und was heißt es, helfen zu wollen. Schauen wir uns mal an, was das auf der seelischen Ebene bedeutet. Menschen, die sich ständig Sorgen machen, die haben wenig Vertrauen in Gott, sie haben oft eine negative Lebenssicht. Ihr kennt ja den Spruch vom Glas, das halb voll ist und vom Glas, das halb leer ist. Die Sorge plagt sie von früh bis spät, und schon, wenn sie wach werden, ist der erste Gedanke eine Sorge: Wie soll ich dieses oder jenes Problem meistern, wie sag ich meinem Chef, dass ich dieses oder jenes vergessen habe, um neun Uhr kommt der Handwerker, hoffentlich wird es nicht zu teuer … So fängt der Tag an, und so geht es den ganzen Tag über weiter. Aber das ist falsch. Der Tag sollte mit einem Danke an den lieben Gott beginnen: danke lieber Gott, für die Nacht und die Regeneration, die sie mir gebracht hat. Und jetzt, lieber Gott, bitte ich dich um Deinen Segen für den heutigen Tag. Dann steht man unverzüglich auf, statt im Bett liegen zu bleiben und vielleicht sogar zu grübeln, zieht sich an und putzt sich die Zähne. Dabei sollten die Gedanken nicht abschweifen, sondern fünf Minuten lang einmal ganz konzentriert nur beim Zähneputzen bleiben. Das ist eine sehr gute Übung in Konzentration. So beginnt der Tag schon mit der Konzentration auf das Hier und Jetzt statt mit Sorgen und Grübeln. Und vor allem macht ihr dann euren Kopf frei für die Intuition. Nur im Zustand vollständiger Konzentration kann der Mensch die Intuition empfangen. Und die Intuition ist nun mal der Kanal, durch den Gott zu uns spricht.

Pirmin wird es immer wärmer, und gleichzeitig fühlt er sich kalt erwischt. Theresa hat exakt seinen Zustand beschrieben, einen Zustand des ständigen Sich-Sorgens, des ständigen Grübelns.

- Kommen wir nun einmal zu den Menschen, die ständig glauben, anderen helfen zu müssen. Oftmals sind es Menschen, die sich selbst nicht lieben können, sich selbst nicht und vielleicht auch nicht ihr Land. Vielen Deutschen geht das so. Sie tragen sich mit tiefsitzenden Schuldgefühlen, die sie irgendwann einmal gelernt haben: Ich bin schuld, dass mein Papa und meine Mama sich getrennt haben, ich bin schuld, dass mein Papa Alkoholiker geworden ist, ich bin schuld, dass meine Mama mit einem anderen Mann davon ist. Und auch im Großen: Wir Deutschen sind schuld am Krieg und an der Verfolgung anderer, wir sind schuld, wir sind schuld, wir sind schuld. Und wenn man sich das nur lange genug sagt, dann wird das am Ende zu einem festen Glauben, von dem einen nichts und gar nichts mehr abbringt. Und weil man sich persönlich im tiefsten Innern als schuldig empfindet, glaubt man, der ganzen Welt helfen zu müssen, und man entwickelt ein Helfersyndrom. Man hat längst aufgehört, sich selbst zu lieben und zu schützen, man liebt und schützt nur noch die anderen, damit man von ihnen geliebt wird. Man lebt von der Liebe der anderen, statt sich selbst zu lieben. Gott liebt aber alle seine Geschöpfe gleichermaßen, und wenn wir uns nicht selbst lieben, dann lieben wir auch seine Schöpfung nicht. Der allererste Schritt, um sich selbst lieben zu lernen, ist, sich und allen anderen zu vergeben, und zwar alles.

Pirmin hört ihr fasziniert zu. Es ist kein Seminar, es ist ein Vortrag wie ein breiter Strom, der ihn einfach mitreißt und der ihn trägt. Es ist … eine Predigt, die allerdings eingespielt wirkt, fast wie in einem Tonstudio aufgenommen, kein Zögern, keine unnötigen Pausen, jeder Satz sitzt.

Nach kurzer Zeit verlässt Theresa die Ebene der Tagespolitik und widmet sich nun der Ordnung des Universums, wie sie es nennt. Sie erzählt Anekdoten des Alltags, um ihre Vorstellung zu erläutern, dass alles universellen Ordnungsgesetzen unterworfen sei, deren Befolgung uns von Sorgen und Problemen befreie beziehungsweise deren Nichtbefolgung uns vor ständig neue Hindernisse stelle. Mit anderen Worten: im Großen wie im Kleinen und jeden Tag gehe es darum, diese Ordnungsgesetze zu erkennen und unser Handeln an ihnen auszurichten.

- Ich will euch mal ein banales Beispiel für eines der wichtigsten Gesetze nennen, das Spiegelbildgesetz. Ärgern wir uns nicht manchmal, wenn sich jemand vor uns in die Schlange drängt? Woher kommt der Ärger? Nun, es ist der Ärger über uns selbst, über unsre Ungeduld. Diese oder jene Person hat nichts anderes getan, als uns den Spiegel vorzuhalten. Ihr kennt doch alle den Spruch „Was mich stört, zu mir gehört". Erst wenn uns wirklich gar nichts mehr an anderen stört, brauchen wir auch ihren Spiegel nicht mehr.

Ihre Predigt endete mit einem leidenschaftlichen Appell an Kritikenthaltung und Neutralität.

- Das Kritisieren gehört wirklich zu den schlimmsten Unarten, die wir uns angewöhnt haben. Ein Mensch, der ständig andere kritisiert, kann mit sich selbst gar nicht im Reinen sein. Wir hier auf Erden haben nie alle Informationen, um das Handeln der anderen beurteilen zu können; und das gilt auch für die Politik. Hört auf damit, die Politiker für ihr Handeln anzuprangern. Was sie tun, folgt oft einem Plan, den wir gar nicht kennen können, oftmals nicht einmal sie selbst. Erst in Jahrzehnten, vielleicht in hundert Jahren, wenn die Archive einmal geöffnet sind, wird man Genaueres wissen. Daher ist es geboten, Neutralität zu bewahren und nichts und niemanden zu beurteilen, schon gar nicht negativ.

Dieser Satz ist wie für Pirmin gesprochen. Neigt er nicht dazu, die aktuell politisch Handelnden insgeheim zu kritisieren, ihre Politik für falsch zu erklären? Auf welcher Wissensgrundlage fällt er sein Urteil? So ist für jeden etwas dabei. Auch Ralf denkt über Neutralität gegenüber dem Handeln geschichtlicher Persönlichkeiten nach und muss anerkennen, dass ihm die genauen Hintergründe nicht bekannt sind, weil er keinen Zugang zu den Archiven hat.

In der Mittagspause gehen alle zu einer Pizzeria in der Nähe des Sees. Die Männergruppe – Ralf, Pirmin, Kilian und Hubert – setzt sich an einen gemeinsamen Tisch, Johanna, Birgit und Christiane an einen anderen. Theodor und Ilka sowie Peer und Franzi haben sich ebenfalls zusammengetan. Die Mitarbeiter des Zentrums und Hildegard essen mit Theresa in der Klienbachstraße.

Am Frauentisch führt Johanna das Wort:

-       Wenn ma d'Regierung net kritisiera dürfe, dann gilt dös aber au für den Führer. Denn der hat damals ja Daitschland agführt.

Birgit hält entgegen:

- Das kannst du doch nicht vergleichen. Heute wissen doch alle, dass das damals falsch war. Die Archive sind längst geöffnet, man kann alles nachlesen.

- Ja glaubst du dös etwa, was in den Geschichtsbüchern steht?

Birgit lässt Johannas Argument nicht gelten. Christiane schmunzelt. Sie kennt Johanna schon länger.

Der Ober nimmt die Bestellung auf, zweimal *Pizza vegetale*, einmal *Spaghetti aglio y olio*. Hat er etwas von dem Gespräch mitgehört?

Am Männertisch haben alle eine Meeresfrüchtepizza bestellt. Ralf fragt Kilian nach seinem Nachwuchs.

- Ende Oktober ist es so weit.

- Und, wie kommt ihr zurecht? Habt ihr schon alles, was man so braucht, Kinderwagen, Wickeltisch?

- Bis auf den Kinderwagen ist alles da.

Pirmin ist das belanglose Gespräch ganz recht. Er braucht die Mittagspause, um über das, was er heute Morgen gehört hat, nachzudenken. Eigentlich kennt er das alles schon irgendwie vom Maiseminar, aber gleichzeitig ist es wie neu. Das kann man nicht alles auf einmal verarbeiten. Er ist zufrieden. Bisher hat sich das Tagesseminar gelohnt.

Theodor lästert über Hildegard.

- Sie hat sich ganz in weiß gekleidet, will Theresa wohl die Schau stehlen. Habt ihr gesehen, wie demonstrativ gelangweilt sie ausgesehen hat?
- Sei nicht so kritisch mit ihr. Sie hat einen starken Charakter und kennt Theresa schon so lange. Aber vielleicht denkt sie, Theresa sollte ihr mehr überlassen.

Beide können die Zeichen Theresas nachlassender Energie nicht ganz übersehen. Dann kommen noch die Knieprobleme. Hildegard ist fast zwanzig Jahre jünger … Käme sie als Nachfolgerin in Frage?

- Was ist mit Lisa?
- Noch zu jung. Sie muss noch viel lernen. Macht sich aber gut. Vielleicht in zehn Jahren.

Man spekuliert über Theresas Nachfolge.

Peer und Franzi sind in Gedanken bei ihren Kindern. Die sind zwar schon siebzehn und neunzehn, ihre Eltern haben aber immer ein mulmiges Gefühl, wenn sie sie allein zu Hause lassen. Man kann da nur schlecht über seinen Schatten springen. Franzi denkt über das Spiegelbildgesetz nach. Jede einzelne Charaktereigenschaft wird gespiegelt. Wenn sie die Mädels nicht loslassen kann, dann spiegeln diese ihr das vielleicht auf irgendeine Art und Weise. Sie schaut auf ihr Handy. Eine Nachricht von Carmen. Sie schreibt, dass sie sich Spaghetti mit Tomatensoße gekocht haben und dass sie heute Nachmittag zum Reiten fahren. Franzi überlegt, ob sie antworten soll.

Kurz vorm Rausgehen bemerkt Pirmin den Säugling im Kinderwagen, einen Tisch weiter. Er hat übergroße Pausbacken, einen kleinen schmalen Mund und schaut ihn still, aber aus wachen Augen konzentriert an. Seltsam, denkt Pirmin, dass ich ihn jetzt erst bemerke. So einer war ich auch einmal. Der Blick des Säuglings wirkt fast wie der eines Erwachsenen. Die Mutter ist mit einer anderen Frau im Gespräch, man könnte fast glauben, sie habe das Kind vergessen.

Beim Rausgehen sieht Pirmin, dass das Kind eingeschlafen ist. Ein Engel.

Natascha hat sich um das Mittagessen gekümmert, Hildegard hat ihr am Schluss noch etwas geholfen, die anderen decken den Tisch. Es gibt Kartoffeln-Linsen-Eintopf und Salat, nur mit Mühe ist es heute gelungen, frische Kräuter zu besorgen. Theresa legt Wert darauf, dass es jeden Mittag frische Kräuter gibt. Hildegard kann sich eine Bemerkung nicht verkneifen:

-    Du mit deinem Tick wegen der frischen Kräuter. Weißt du, wie mühsam das war, die heute noch zu besorgen.

Theresa sagt nichts, die kleinen Sticheleien sind mittlerweile an der Tagesordnung. Alle haben den Satz gehört; für jeden bedeutet er etwas anderes, Kritikenthaltung für die einen, sich mehr um gesundes Essen zu kümmern für die anderen. Jeder schaut in seinen eigenen Spiegel.

Den Nachmittag gestaltet Lisa mit Beispielen zur Verbesserung von Gesundheit und Ernährung. Theresa schaut am Ende noch vorbei und wünscht allen eine gute Heimreise.

Um siebzehnuhrfünfundvierzig nimmt Pirmin die S-Bahn. Er wird um achtzehnuhrzweiundzwanzig in Pasing den durchgehenden ICE nach Frankfurt nehmen und gegen Mitternacht zu Hause sein.

Der ICE ist sehr voll, mit Mühe kann Pirmin einen Platz in einem Vierer ergattern, zwei Personen – offenbar ein Ehepaar – sitzen nebeneinander, auf dem dritten liegt ein Koffer, ein Platz ist noch frei. Er fragt, ob der Platz schon besetzt sei. Das Ehepaar mittleren Alters schüttelt freundlich den Kopf, die Dame nimmt den Koffer weg und legt ihn oben in die Gepäckablage. Pirmin setzt sich und hat jetzt sogar noch etwas Platz neben sich. Er nimmt seinen *E-Book-Reader* heraus und fängt an zu lesen.

Nach kurzer Zeit nickt er ein, Sekundenschlaf. Er denkt an das warme Gefühl im Haus in der Klienbachstraße zurück, genauer gesagt: Das warme Gefühl hält noch vor. Woher kommt dieses Gefühl? Ist es das Arrangement, die schönen Farben, die Bilder, sind es die Menschen? Ist es Theresa? Oder ist es das, was Theresa sagt … oder wie sie es sagt? Ist es die Wahrheit, die dieses warme Gefühl erzeugt? Er denkt, dass er einen Zipfel vom Paradies berührt hat. Nur einen Moment, doch dieser Moment reicht schon, um ein Lächeln auf sein Gesicht zu zaubern, so dass er sogar den Zugbegleiter, der seinen Fahrschein sehen will, mit heraufgezogenen Mundwinkeln begrüßt. Gegenüber sitzt eine Gruppe Eintracht Fans mit Eintracht Schals. Die blicken etwas griesgrämig, die Eintracht hat verloren. Längst ist es draußen völlig dunkel geworden. Pirmin lächelt auch zu ihnen herüber. Ob sie ihn überhaupt wahrnehmen? Eher nicht.

Der Mann fängt an, zwanglos über den vollen Zug zu plaudern, mit sächsischem Akzent, wie Pirmin schmunzelnd feststellt. Seine Frau pflichtet ihm schwäbelnd bei. Pirmin schwankt zwischen Weiterlesen und Gesprächsbeteiligung. Das Gespräch plätschert dahin, von vollen Zügen zur Umweltproblematik, Autofahren und Ausflügen nach München ist die Rede. Er erfährt, dass die beiden schon in Rente sind.

Leider, seufzt der Mann, er hätte gerne noch länger gearbeitet. Pirmin schätzt ihn auf Ende vierzig, Anfang fünfzig, sie ebenso. Aber es sei nichts zu machen gewesen: erwerbsunfähig. Pirmin hört zu, etwas verlegen ob solcher privaten Dinge, bemüht sich jedoch, sich so weit wie möglich am Gespräch zu beteiligen. Einfache Leute, denkt er, mal sehen, wie weit das Gespräch überhaupt kommt. Kurz vor Ulm stellt die Dame nach etwas Suchen auf Ihrem Handy lakonisch fest, dass der Zug zwanzig Minuten Verspätung hat und sie ihren Anschlusszug in Frankfurt vielleicht, ziemlich sicher, nicht mehr erreichen werden. Der Mann plädiert für Gelassenheit, wer weiß, für was es gut ist. Das stelle man immer erst im Nachhinein fest.

Erneut entspinnt sich das Gespräch, der Mann knüpft an das Thema der ungeahnten Fügung an, das er zuvor angedeutet hat. Er spricht plötzlich etwas leiser, beugt sich nach vorn und sagt, dass er das mit der Fügung in seinem Leben schon oft erfahren habe. Dass er überhaupt noch lebe, käme ihm heute wie eine glückliche Fügung vor. Pirmin sagt nichts, er ist verblüfft.

- Wissen Sie, ich hatte ein Nahtoderlebnis und war bereits einmal klinisch tot. Ich wurde als Kind von einer Zecke gebissen und bekam eine Hirnhautentzündung. In der Schule fiel ich immer um, und am Anfang meinten alle, ich würde wohl simulieren. Bis ich dann einmal nicht mehr zu Bewusstsein kam und die Ärzte mich für klinisch tot erklärten.

Doch mein Gehirn regenerierte sich wieder. Und wissen Sie, wem ich das zu verdanken hatte?

Er schaut nach oben, erhebt die Hände und Pirmin versteht, was er meint.

- Ich bat Gott, nein, ich schrie zu ihm, er möge mich retten. Damals verstand ich, dass Heilung nur von einem kommen konnte, vom dem, der die Macht über Leben und Tod hat. Wissen Sie, ich bin in der DDR aufgewachsen, atheistisch, ich wusste nichts von Gott. Niemand hatte mir davon erzählt ... Die Ärzte setzten mir dann *Stunts* in den Hinterkopf, damit die Blutversorgung nicht mehr unterbrochen würde, die muss ich jetzt alle paar Jahre erneuern lassen. Aber am Leben bin ich nicht wegen der *Stunts*, sondern weil ich auf den Weg zu Gott und Jesus Christus gekommen bin. Meine Frau und ich sind in einer Freikirche, wir brauchen keine anderen Autoritäten, um zu Gott zu finden, die wollen ja doch alle nur ihre Macht erhalten und halten Dich vom Eigentlichen ab.

Fast unbemerkt ist er zum Du übergegangen. Pirmin lässt es sich bedenkenlos gefallen, wie betäubt von dieser Geschichte.

- Unsere Seele weiß viel mehr als wir ahnen. Da ist alles gespeichert. Als ich dem Tod nahe war, erzählte ich meinen Eltern von Dingen, die ich unmöglich wissen konnte. Und dennoch hatte ich sie irgendwie erfahren, nur eben nicht bewusst gespeichert, beziehungsweise ich hatte sie wieder verdrängt. Wir sind unbegrenzt lernfähig, unser Wissen ist fast grenzenlos, aber wir nutzen immer nur einen Bruchteil.

Ihre gemeinsame Zugreise endet in Frankfurt, jeder bekommt seinen Anschlusszug, und Pirmin denkt, dass auch diese Begegnung von langer Hand eingefädelt worden ist. Genau wie – im Frühjahr – seine Reise auf die Insel.

Epilog

- Im Nachhinein betrachtet hätte man manches wissen können, manches aber auch nicht. Dass es so schnell geht, hätte ich nicht gedacht.
- Hättest du irgendetwas anders gemacht, wenn du es gewusst hättest?
- Ich hätte mich nicht davon abbringen lassen, sie im Mai noch einmal zu besuchen.

Das Jahr hat schon mit deutlichen Zeichen des nahenden Endes begonnen. Über Weihnachten hat sie eine Grippe, die sie so sehr schwächt, dass sie alle Termine über Wochen absagen muss. Und was ist mit dem Herzschrittmacher? Seit jenem Tagesseminar im Oktober zweitausendfünfzehn sind drei Jahre vergangen, und ihr Gesundheitszustand hat sich seitdem konstant verschlechtert. Im Sommer zweitausendachtzehn geht sie zur Kur nach Österreich, und bei einer Routineuntersuchung diagnostiziert man eine angebliche Herzschwäche. Man empfiehlt ihr einen Herzschrittmacher, den sie sich auch tatsächlich einsetzen lässt.

- Damit hat sie ihre eigenen Regeln verletzt, dass man alles auf seelischem Wege behandeln müsse.
- Das hat Gott doch alles nur noch für uns gespielt. Wir sollten nicht darauf hereinfallen.

- Vielleicht hatte die Vorstellung, ohne den Herzschrittmacher nicht mehr zur Insel fahren zu können, den Ausschlag gegeben.
- Vermutlich.

Im Frühjahr neunzehn leitet sie noch einmal das Märzseminar, aber im April bekommt sie akute Atemnot und verlässt das Bett nicht mehr. Zu dieser Zeit zeigt sich auch Patricia wieder öfter am See.

- Ich konnte mir nicht vorstellen, dass es überhaupt einmal mit ihr zu Ende gehen würde, obwohl ich im Spätsommer auf der Insel deutlich gesehen hatte, dass sie nicht mehr die Person war, die ich einmal gekannt hatte und die das Frühjahrseminar zweitausendfünfzehn gehalten hatte.
- Sie hat sich mit einem hellblauen Bikini an den Strand gelegt, mehr braucht man nicht zu sagen.
- Noch hatte sie allerdings dieses unglaubliche Wissen, und wer wollte, konnte es von ihr bekommen. Da hat sich gezeigt sich, wer noch zu ihr hielt und sie respektierte und wer nicht.

Zuhause hält Lisa die Fassade aufrecht. Das Zentrum bietet nach wie vor seine Dienste an, aber zumindest bei den Seminaren wird Theresas Part von Vertrauten und Mitarbeitern übernommen.

- Lisa sagt, sie habe *Burnout*. Sie fährt an die Ostsee, angeblich in Kur.

- Das ist nie und nimmer ein *Burnout*. Sie hat die Nase voll.

- Nach all den Streitereien der letzten Jahre … Sie hat offenbar schon lange den Respekt vor ihr verloren …

- … als Patricia aufgetaucht ist und gesagt hat, dass sie das Zentrum übernehmen will.

- Und Theresa so tat, als sei das Thema damit erledigt.

- Hat sie im Ernst geglaubt, sie könne Nachfolgerin Theresas werden?

- Offenbar. Theresa scheint sie in diesem Glauben lange Zeit bestärkt zu haben.

- Um damit Druck auf Patricia auszuüben?

- Wer weiß …

Mitte Mai, an Theresas fünfundachtzigstem Geburtstag, hat Patricia bereits alles vorbereitet.

- Der Makler ist mit den Kaufinteressenten zum Haus in der Klienbachstraße gekommen.

- Woher weißt du das?

- die Leute im Büro haben davon erzählt. Patricia selbst hat auch kein Hehl daraus gemacht.

- Und dann?

\-   Na, dann hat sie sie herumgeführt, in der unteren Etage und im Keller. Die obere Etage, wo Theresa lag, hat sie ihnen nicht gezeigt.

\-   Das wäre auch der Gipfel gewesen.

\-   Warum taucht sie jetzt auf, am Ende? Was ist ihre Aufgabe? Die Abwicklung des Zentrums?

\-   Es sieht so aus. Jedenfalls hindert Theresa sie nicht daran.

\-   Hätte sie denn noch die Kraft dazu?

Das Zentrum wird von den Mitarbeitern noch ehrenamtlich aufrechterhalten. Es gibt keine Einnahmen mehr. Die Reserven reichen gerade noch, um die Strom-, Gas- und Wasserrechnungen zu bezahlen. Theresa braucht ein Atemgerät und nimmt kaum noch Nahrung zu sich. Sie stirbt am ersten August.

Am ersten August ist Pirmin mit Julia auf dem Fahrrad unterwegs. Sie haben sich das Lahntal vorgenommen. Julia probiert ihr neues *E-Bike* aus, Pirmin fährt ohne elektrische Unterstützung, wegen des Trainings. Sie sind in Marburg gestartet, mal sehen, wie weit sie heute kommen. In Roth machen sie eine erste Kaffeepause. Julia schaut auf ihr Handy, neue WhatsApp-Nachrichten von ihren Kindern. In Stuttgart ist am Abend zuvor ein Mann mit einem Schwert ermordet worden, die Polizei schließt politische oder religiöse Motive aus.

- Gruselig, der Ermordete hatte seine elfjährige Tochter dabei. Die hat er kurz vor dem Angriff weggeschickt, er ahnte also was.
- Weiß man etwas über die Herkunft des Täters?
- Ich kann hier nichts finden.

Pirmins Cappuccino kommt, Julia hat einen normalen Kaffee bestellt. Es ist Donnerstag, nicht viel los im Biergarten, am Wochenende wird sich das ändern. Sie machen das immer so, wenn sie Ausflüge machen, in Julias Ferien immer unter der Woche. Noch ein Jahr, dann ist auch Julia im Ruhestand. Pirmin sieht auf seinem Smartphone, dass er zwei neue Nachrichten hat. Eine davon ist von Ralf, aus Österreich. Das hat Zeit, er wird sie heute Nachmittag oder am Abend lesen. Hat sich lange nicht mehr bei ihm gemeldet, Ralf ... komisch, dass da jetzt eine Nachricht vom ihm kommt.

Lisa ist bei Freunden in der Schweiz, als sie Nataschas Nachricht erhält. Sie musizieren. Außerdem kann sie sich dort im Moment besser konzentrieren. Sie muss jetzt an sich selbst denken. Als sie die Nachricht liest, macht sie sich allerdings sofort auf den Rückweg. Was wird Patricia machen? Die Einäscherung muss organisiert werden, ein Urnengrab, die Räumung des Hauses. Macht Patricia das alles allein?

Lisa hat schon vor längerem Abschied von Theresa genommen, die Trauerarbeit hat längst begonnen. Doch so einfach ist das nicht ... Wenn es dann so weit ist und die Nachricht tatsächlich eintrifft, ist doch alles anders. In die Erleichterung über das Ende des Todeskampfs mischt sich Sorge. Wie soll es mit ihr weitergehen?

In Bregenz wird Verdis Rigoletto erstmals in der vierundsiebzigjährigen Geschichte der Bregenzer Festspiele auf der Seebühne inszeniert. Johanna hat sich mit Hildegard getroffen, sie verbringen drei Tage mit gemeinsamen Opernbesuchen. Am ersten August haben sie sich morgens in Johannas Wohnung verabredet. Als Hildegard eintrifft, weiß Johanna schon, dass Theresa gestorben ist. Sabine hat sie angerufen. Hildegard beschließt, heute auf alle Fälle noch in Bregenz zu bleiben.

Kilian und Stefanie haben gerade ihr zweites Kind, Adele, in die Kita gebracht, Emil ist schon seit acht Uhr im Kindergarten. Kilian fährt gleich weiter, er hat ab heute um zehn Termine bis zum Abend. Stefanie überschlägt die monatlichen Kosten, sie hat gerade einen Halbtagsbürojob bei der Caritas bekommen, das Geld wird dringend gebraucht, da muss sie gleich hin, flexible Arbeitszeit, aber auch sie muss um zehn da sein. Die gerade eingeführte Mietpreisbremse interessiert sie zwar nicht, ihre Miete ist sensationell günstig, aber die Kindersachen gehen ins Geld. Sie checkt noch ihre Nachrichten … nichts Neues. Sie denkt an die *Fridays for Future*-Demonstrationen. Das spricht sie an, das muss einen doch ansprechen, wenn man Kinder hat. Kein Wort davon zu Kilian.

Christiane wird von Lisa angerufen. Sie hat gerade einen Tee aufgesetzt, als das Telefon klingelt.

- Theresa ist heute am frühen Morgen gestorben.
- Hab's eigentlich jeden Tag erwartet.
- Ich auch.

Christiane lässt den Tee genau zehn Minuten ziehen. Man soll den Tee am besten zwischen den Mahlzeiten trinken.

Fahrzeuge fahren auf dem Friedhofsparkplatz vor, manche kommen zu Fuß. Ein Tesla mit Schweizer Kennzeichen schiebt sich lautlos in eine Parklücke. Wer mag das sein? Man hat sich, Theresas Wunsch gemäß, nicht in schwarz gekleidet. In der Urnenhalle können Blumen vor dem namentlich ausgewiesenen Fach niedergelegt werden. Die Trauerrednerin, eine gute Bekannte, lässt Theresas Leben in ergreifenden Worten Revue passieren. Sehr professionell. Wer möchte, kann eine persönliche Begegnung mit Theresa schildern, Erfahrungen und Erlebnisse mit ihr, oder einfach Danke sagen.

- Wer war sie eigentlich? Ich habe ein Bild von ihr im Kopf, doch ich kann dir nicht sagen, wer sie war ...
- War sie überhaupt ein Mensch? Ein *Alien?*
- Manchmal denke ich das sogar. Sie lebte ganz für ihre Aufgabe.
- Und die war?
- Den Menschen zu helfen.
- Nicht jeder erkannte das an.
- Das stimmt. Für jeden stellte sie auch eine Prüfung dar, eine ganz persönliche Prüfung.
- Manchmal muss ich an die vielen Sticheleien bei Tisch denken.
- Ja, das mit den frischen Kräutern zum Beispiel.
- Ich selbst hab sie öfters als kokett und eitel bezeichnet, wegen ihrer Schminke, der Frisur, den bunten Kleidern ...

-      Für dich ging es vielleicht darum, deine Kritiksucht zu zügeln und dich nicht an Äußerlichkeiten zu stören. Mich hat das nie gestört, ich wollte immer nur von ihr lernen.

-      Erinnerst du dich noch an den blauen Bikini?

-      Da war sie schon längst nicht mehr da. Da war eine andere Seele. Auch das gehörte zu unseren Lernprozessen.

-      Wer seinen Lehrer kritisiert, darf nichts mehr von ihm lernen, hat sie mal gesagt.

-      Ob sie wieder da ist?

-      Ich wüsste nicht wo und wie ... Kann sie mir im Moment nirgends so recht vorstellen.

-      In der Politik?

-      Du meinst vielleicht, weil sie sich das immer gewünscht hat ...

Auch Hildegard denkt an die gemeinsamen Jahre mit Theresa zurück. Das ist lange her. Seit wann hat sie angefangen, sich von ihr abzuwenden? Ihre Gedanken gehen vor und zurück. Theresa ist gegangen … Was heißt das für sie? Ist sie jetzt dran? Soll sie jetzt die Zügel in die Hand nehmen? Aber wo? Das Zentrum ist aufgelöst … Soll sie jetzt aktiv werden? Im Grunde wäre sie die geeignete Person, hat sich fast dreißig Jahre lang gebildet und auf die Aufgabe vorbereitet, das Wissen ist da, soll sie jetzt losmarschieren …?

Solche Fragen stellt sich auch Lisa. Sie hat jedoch keine Absicherung, anders als Hildegard hat sie kein persönliches Vermögen, sie steht mit leeren Händen da. Sie hat mehr Fragen als Antworten: Soll sie sich mit Hildegard zusammentun? Dann würde sie eine Abhängigkeit gegen eine andere eintauschen. Und wovon soll sie jetzt leben? Das Gehalt ist weg, das Zentrum aufgelöst, das Haus verkauft … Sie könnte sich mit Patricia verständigen und weiter Seminare anbieten … die erfahrenen Mitarbeiter werden sie vielleicht unterstützen …

Manche stellen sich vor, dass sie jetzt allein losziehen und ein eigenes Zentrum auf die Beine stellen würden, die Geschäftsidee liegt in der Luft … Kilian, Hubert, Birgit … Aber noch sind sie nicht so weit, noch sind sie am Anfang. Man könnte mal mit eigenen Vorträgen anfangen … Ein bisschen Werbung machen, einen Raum mieten, das wäre schon mal ein Anfang … Eine Internetseite, Webinare …

Aufbruch liegt in der Luft, für die einen, Trauer und Abschied für die anderen.

Es geht noch einmal, ein letztes Mal, zurück zur Klienbachstraße. Das Wetter ist gut, es ist warm. Man steht im Garten und plaudert. Pirmin ist zurückhaltend, er kennt zwar einige, doch viele auch wieder nicht. Das Haus ist verkauft, das steht fest. Aber auch ohne diese Tatsache: die warmherzige Atmosphäre, die Stimmung ist weg, spurlos verschwunden. Die Möbel sind noch alle da, aber sie stehen nur noch rum. Das Paradies ist entseelt.

Im Türrahmen taucht der Römer auf, gebräunt und voller Spannkraft, wie vor vier Jahren auf der Insel. Nur etwas kleiner wirkt er, wie geschrumpft. Er grüßt herüber. Thomas wundert sich einen ganz kleinen Augenblick, ihn hier zu sehen, dann geht er auf ihn zu, grüßt ihn und fragt, ob er der Besitzer des Tesla sei. Der Römer lacht und schüttelt den Kopf.

Später am Nachmittag setzt leichter Regen ein, als alle längst wieder in Zügen und Autos sitzen. Das Haus in der Klienbachstraße hat sich geleert, auf den Scheiben im Wintergarten laufen die Regentropfen hinab. Jemand hat die Fenster geschlossen, die Türen verriegelt, die Pflanzen noch einmal gegossen. Stille hat Einzug gehalten.

Vor der Haustür, auf der Bastmatte unter dem Giebelvorsprung, hat es sich eine Katze bequem gemacht. Hier ist es trocken. Wie eine Sphinx liegt sie reglos vor der Haustür, so als würde sie sie bewachen. Sollte sich jemand nähern, würde sie allerdings sofort aufspringen und mit einem großen Satz im Gebüsch verschwinden.

Personen

Die Insel

Thomas	Seminarteilnehmer
Martina	Thomas Ehefrau
Luise und Marie	Thomas und Martinas Töchter
Theresa	Seminarleiterin
Lisa	Theresas Assistentin
Gabriella	Eigentümerin des Hotels
Francesca	Gabriellas Mutter
Alberto	Gabriellas Vater
Francesco	Gabriellas Bruder
Pirmin	Seminarteilnehmer
Johanna	Seminarteilnehmerin
Ralf, Inga und Lia	Seminarteilnehmer
Matthias und Birgit	Seminarteilnehmer
Kilian	Seminarteilnehmer
Magdalena und Simon	Seminarteilnehmer
Hildegard	Hotelgast, Vertraute Theresas
Andrej	Bekannter Theresas

| Der Römer | Benutzer der Hoteltherme |

Pfingsten

Markus	Schreinermeister
Sabine	Markus Lebensgefährtin
Pirmin	
Julia	Pirmins Vertraute
Hans-Dieter	Ehemaliger Kollege Pirmins

Am See

Christiane	Teilnehmerin am Tagesseminar
Hubert	Teilnehmer am Tagesseminar
Kilian und Stefanie	Teilnehmer am Tagesseminar
Elke	Mitarbeiterin Theresas
Frida	Mitarbeiterin Theresas
Hildegard	Vertraute Theresas
Birgit	Teilnehmerin am Tagesseminar
Theodor und Ilka	Teilnehmer am Tagesseminar
Peer und Franzi	Teilnehmer am Tagesseminar
Ralf	Teilnehmer am Tagesseminar
Pirmin	Teilnehmer am Tagesseminar
Ein Mann im Zug